HÉSIODE ÉDITIONS

GUSTAVE FLAUBERT

Pyrénées

Hésiode éditions

© Hésiode éditions.

22 rue Gabrielle Josserand - 93500 Pantin.
ISBN 978-2-38512-201-0
Dépôt légal : Novembre 2023

Impression Books on Demand GmbH

In de Tarpen 42
22848 Norderstedt, Allemagne

Pyrénées

BORDEAUX.

Il y a des gens qui la veille de leur départ ont tout préparé dans leur poche : encrier rempli, érudition placardée, émotions indiquées d'avance. Heureuses et puériles natures qui se jouent avec elles-mêmes et se chatouillent pour se faire rire, comme dit Rabelais. Il en est d'autres, au contraire, qui se refusent à tout ce qui leur vient du dehors, se rembrunissent, tirent la visière de leur casquette et de leur esprit pour ne rien voir. Je crois qu'il est difficile de garder, ici comme ailleurs, le juste milieu exquis préconisé par la sagesse, point géométrique et idéal placé au centre de l'espace, de l'infini de la bêtise humaine. Je vais tâcher néanmoins d'y atteindre et de me donner de l'esprit, du bon sens et du goût ; bien plus, je n'aurai aucune prétention littéraire et je ne tâcherai pas de faire du style ; si cela arrive, que ce soit à mon insu comme une métaphore qu'on emploie faute de savoir s'exprimer par le sens littéral. Je m'abstiendrai donc de toute déclamation et je ne me permettrai que six fois par page le mot pittoresque et une douzaine de fois celui d'admirable. Les voyageurs disent le premier à tous les tas de cailloux et le second à toutes les bornes, il me sera bien permis de le stéréotyper à toutes mes phrases, qui, pour vous rassurer, sont d'ailleurs fort longues.

Ceci est un préambule que je me suis permis et qu'on aurait pu intituler le marchepied, pour indiquer les émotions que j'avais en montant en voiture, ce qui veut dire que je n'en avais aucune. Je m'assassinerais si je croyais que j'eusse la pensée de faire ici quelque chose d'un peu sérieux : je veux tout bonnement, avec ma plume, jeter sur le papier un peu de la poussière de mes habits ; je veux que mes phrases sentent le cuir de mes souliers de voyage et qu'elles n'aient ni dessus de pieds, ni bretelles, ni pommade qui ruisselle en grasses périodes, ni cosmétique qui les tienne raides en expressions ardues, mais que tout soit simple, franc et bon, libre et dégagé comme la tournure des femmes d'ici, avec les poings sur les hanches et l'œil gaillard, le nez fin s'il est possible et avant tout point de corset, mais que la taille soit bien faite. Cet engagement pris, me voilà lié moi-même et je suis forcé d'avoir le style d'un honnête homme.

La campagne de Paris est triste, l'œil va loin sans rencontrer de verdure ; de grandes roues qui tirent les pierres des carrières, un maigre cheval flanqué d'un petit âne tirant des tombereaux de fumier, du pavé, le cliquetis des glaces et cet indéfinissable vide d'esprit qui vous prend aux moments du départ, voilà tout ce que j'ai vu, voilà tout ce que j'ai senti. Certes, je ne demandais pas mieux que de me fouiller l'esprit pour penser au xvie siècle en passant par Longjumeau, et de là par une association d'idées me laisser couler dans Brantôme et en plein Médicis, mais je n'en avais pas le cœur, de même qu'à Montléry, la tour ne m'a point rappelé de souvenirs. Expression des plus charmantes surtout comme il en arrive dans la bouche de ceux qui ne savent rien et qui l'adoptent par passion historique.

Quand je me suis réveillé le lendemain matin, la campagne avait changé ; il y avait de grands champs de vignes, éclairés du soleil levant, et c'était l'air frais du matin, à 5 heures, dans le mois d'août. Insensiblement le terrain s'abaisse et par une pente douce vous mène aux bords de la Loire que vous longez sur une chaussée de 17 lieues, depuis Blois jusqu'à Tours. Honnête pays, paysages bourgeois, nature comme on l'entend dans la poésie descriptive ; c'est là la Loire, mince filet d'eau au milieu d'un grand lit plein de sable, avec des bateaux qui se traînent à la remorque la voile haute, étroite et à moitié enflée par le vent sans vigueur. D'un autre côté, et sous un certain point de vue de symbolisme littéraire, ce pays m'a semblé représenter une face de la littérature française. A mesure que vous avancez, la vallée se déploie, les arbres de l'autre bord se mirent tranquillement dans l'eau, les coteaux boisés disparaissent les uns après les autres ; on aimerait ici à mettre pied à terre, à s'étendre sur l'herbe, à écouter le bruit de cette pauvre eau paisible, que je n'appelle pas onde ; ce n'est ni grand, ni beau, ni bien vert, mais c'est, si vous voulez, un refrain de Charles d'Orléans, pas plus, où la naïveté seule a une certaine tendresse qui n'est pas même du sentiment, tant c'est faible et calme, mais tranquille est doux.

Il ne faut rien moins que la vue de Blois pour faire penser à quelque chose de plus vigoureux et vous remettre en mémoire la cour d'Henri III. Hélas ! je n'ai point vu le château où Henri se vengea de sa peur, ni ce lit, comme dit Chateaubriand, où tant d'ignominies firent mourir tant de gloire ; la rapidité de ma course m'a à peine laissé la vue des murs extérieurs.

Si j'avais été un beau gentilhomme tourangeau comme ceux à qui je pensais alors, marchant dans son xvie siècle, les mains dans les poches et le large chapeau sur les oreilles, ou s'acheminant sur sa mule aux États de Blois, je n'aurais pas manqué de relire mon Rabelais à l'ombre de ces vignes où il dormit ; car il a vécu là. Ces sentiers sur le sable, dans les roseaux, il y a fait sieste un certain jour peut-être qu'il était soûlas ; son rire a retenti le long des peupliers qui bordent la rivière ; cette voix de Gargantua a rebondi sur ces coteaux, s'en est allée le long de ce courant calme et doux se perdre dans l'Océan plein de clameurs que toutes les autres dérisions ont grossi avec elle ; le géant a marché dans ces larges plaines, sous ce soleil doux ; il lui fallait chaque jour le lait de 3,600 vaches qu'il buvait à large pipée. Toute la contrée est faite à sa taille : plaines larges, arbres frais, eau calme, grand lit qui s'emplit parfois, avenue sans fin qui tourne au fastidieux par sa longueur.

Du reste rien d'original, rien de coloré, une platitude toute française jusqu'à Tours. Je me rappelle seulement trois petites filles qui m'ont demandé l'aumône à Montbazon, le premier relais en sortant de cette ville ; l'aînée surtout, qui avait dix ans à peine, m'a donné la première idée du Midi : pieds nus, elle courait dans la poussière en suivant la portière ; sa voix, qui répétait en crescendo la charité ! la charité ! la charité, avait quelque chose de nasillard et de glapissant ; des cheveux noirs et collés de sueur, un teint de bistre, des dents blanches qui se sont montrées à moi dans un éclat de rire enfantin quand la voiture est partie au galop. Charmante peinture de farce enfantine et de grâce naïve, perdue au milieu de la grande route et que m'a valu l'appât prolongé d'une petite pièce de deux sous.

A Poitiers, le Midi commence : larges bonnets, moins gracieux toutefois que ceux de Montbazon, quelque chose de sévère, autant que j'ai pu en juger par un mauvais dîner et me rappelant que le Poitou est la patrie des... Je garde un souvenir plus gracieux d'Angoulême et de la colline où elle est bâtie. On commence à rencontrer des attelages de bœufs qui m'ont fait penser au tableau de Léopold Robert. Les postillons ont le béret rouge des Basques et le pantalon à galons, les chevaux sont plus petits, plus efflanqués ; les toits deviennent plats ; les tuiles rouges et bosselées qui les couvrent, les murs blancs des maisons dont le faîte n'est pas souvent plus haut que les vignes, tout cela c'est bien du Midi. Partout cheveux noirs et barbes fortes, costumes bigarrés comme dans un bal masqué, des paysans battant le blé devant leur grange. Quand vous passez dans ces petits villages blancs comme la campagne où ils sont assis et comme le soleil qui les éclaire, que vous tournez aux angles de mur uni, percé de petites fenêtres, on se croirait, j'imagine, en Espagne.

Vous n'êtes plus assailli, comme dans le Poitou, de femmes qui exploitent la soif ou la pitié du voyageur, seulement la poussière tourbillonne et le soleil darde ; point de bruit ni de chants dans la campagne. Pour rendre la ressemblance plus parfaite, le rapport plus juste, à Savignac j'ai eu une véritable apparition moresque : pendant que nous relayons, un contrevent vert s'est ouvert, une main est d'abord aperçue (pour qu'on ne m'accuse pas trop d'exploration féminine, je déclare que c'est sur la découverte de mon grave et savant compagnon M. Cloquet), une main, puis un profil, puis deux, deux têtes noires avec un sourcil superbe à peine entrevues ! Dérision ! une plaque jaune me fait conjecturer que c'étaient les deux filles du notaire.

Ce qu'on appelle ordinairement un bel homme est une chose assez bête ; jusqu'à présent, j'ai peur que Bordeaux ne soit une belle ville. Larges rues, places ouvertes, beaucoup de mouchoirs sur des têtes brunes, telle est la phrase synthétique dans laquelle je la résume avant d'en savoir davantage. Il me faut pour que je l'aime quelque chose de plus que son pont, que les pantalons blancs de ses commerçants, que ses rues alignées et son port qui est le type du port. Il n'y fait, selon moi, ni assez chaud ni assez froid ; il n'y a rien d'incisif et d'accentué : c'est un Rouen méridional, avec une Garonne aux eaux bourbeuses. Je comptais donc me jeter à l'eau et me laisser entraîner par le courant, m'étendre dans le duvet moelleux du fleuve, couche suave dont les draps limpides vous baisent la peau. Imaginez un espace fermé où l'eau reste stagnante comme dans un bocal, comparaison peu flatteuse pour ceux qui y vivent même momentanément, des grilles en bois qui empêchent l'air de circuler et même de vider l'eau, une atmosphère de cigare éteint, de la boue et des oies qui y pataugeaient, telle était l'école de natation. J'hésitai à y souiller mes membres, mon héroïsme m'y fit plonger jusqu'au coude, car un plancher bourgeois remplace le lit du fleuve, de sorte qu'il n'y a pas même la possibilité de se mouiller la tête sans crainte de tomber sur le plancher. Allez-vous donc ici vous reposer dans 1 herbe, effleurer du bout du nez les pointes dardées des roseaux, remuer les cailloux au fond du lit, monter à califourchon sur les câbles étendus et suivre la barque grillée où l'on entend des voix ? Vous voulez de la fraîcheur, du silence, de l'ombrage, de l'eau claire et caressante, et vous avez la puanteur des ruisseaux, le cri des tavernes, la chaleur grasse qui suinte des murs ; car l'onde ici est empoisonnée, le cours arrêté, tant ils sont habiles à souiller ce qui purifie, à salir ce qui lave !

J'ai pourtant vu aujourd'hui, en plein soleil, une nacelle couverte d'une tente carrée, sous laquelle on doit bien dormir et d'où cette pauvre Garonne doit apparaître belle aux clairs de lune quand la ville s'est tue et que les hommes laissent parler les joncs dans le courant. J'y rêverais volontiers de l'Inde et du Gange, avec les cadavres qu'il charrie comme des feuilles et que le soir les vautours viennent becqueter avec de grands cris. J'aurais tout autant aimé passer ainsi ma soirée que d'aller comme j'ai fait tout à l'heure dîner en ville, chez un brave homme dans toute la force du terme, à sa maison de campagne qui est dans un faubourg, pour boire d'excellent vin, j'en conviens, dont la digestion a été gâtée par des romances au piano et deux cigarettes au Maryland, musique d'épiciers, tabac de clerc de notaire, le tout fadasse et doux comme du jus de nojau. Je crois qu'il a été question d'un air italien de Rossini chanté en français. Pauvre Rossini ! plus disséqué que mes cadavres du Gange, et par des becs féminins encore, ce qui est pis. Le salon et la salle à manger étaient ornés d'insectes et d'oiseaux adaptés verticalement à la muraille dans des boites garnies de vitres. J'ai promis de la graine de melon à mon cordial amphytrion. Le dîner après tout a été aimable, et je me suis un peu réconcilié avec ma voisine qui, au premier abord, m'a eu tout l'air d'une bécasse qui a peur de se mouiller les pieds dans de l'eau claire ; et voici pourquoi. J'étais débarqué d'omnibus par une chaleur confortable, ficelé et tiré dans mes dessous de pieds, avec une cravate de satin toute neuve, le lorgnon au bouton du gilet et des gants de la plus scrupuleuse blancheur dont mon bras avait l'air de sortir tant la main y était enchevêtrée. Après les salutations d'introduction on fit un tour de jardin ; le bon ton le plus exquis régnait dans mes manières, je laissais marcher seule dans les allées une jeune dame, la fille de la maison, dans la crainte de faire l'empressé. Me trouvant simplement près d'elle, je lui offris enfin mon bras qu'elle refusa, ce que je trouvai de fort mauvais goût ; car aussitôt je fis un retour sur moi-même où je ne me flattai pas médiocrement, et je repassai dans un éclair tous mes avantages physiques et intellectuels, avec une telle lucidité que j'en rougis presque d'humilité. Au reste, on enfonçait dans les allées du jardin comme dans des landes, et ce que j'y trouvais de plus beau, c'est le chant des cri-cris le soir, après dîner, qui valait mieux que les maigres accords du piano asthmatique.

Puisque j'en suis au jardin, j'ai vu aussi hier le cimetière de Bordeaux, grand jardin planté d'érables, où les tombes sont, je crois, plus bêtes que les vivants trépassés qu'elles renferment ; les pauvres habitent au milieu et ont l'avantage de ne point porter de nom et de regrets peints sur bois ou gravés sur pierre.

La vanité ici a eu recours à la bêtise qui l'a bien secondée. Des pyramides de granit sont entassées sur des épiciers, des sarcophages de marbre sur des armateurs ; au jour du jugement ceux qui ont le plus de pierre sur eux ne seront peut-être pas les plus prompts à monter au ciel, chargés qu'ils seront du poids de leur orgueil. Le concierge avait l'air piteux et rapace, sa mâchoire a souri comme une tombe qui s'ouvre quand il nous a vus entrer. Les cyprès étaient poudreux, déjà des feuilles jaunes étaient dans l'herbe, rien que la platitude du lieu était triste.

Un voyageur est tenu de dire tout ce qu'il a vu, son grand talent est de raconter dans l'ordre chronologique : déjeuner au café et au lait, monté en fiacre, station au cours de la borne, musée, bibliothèque, cabinet d'histoire naturelle, le tout assaisonné d'émotions et de réflexions sur les ruines ; je m'y conformerai donc autant qu'il sera possible.

J'étais curieux de voir le musée d'antiques pour expliquer à mes compagnons deux bas-reliefs dont j'avais lu la description le matin, mais je ne les ai point retrouvés et M. Cloquet, par intuition, m'en a nommé un que je ne reconnais pas.

Mauvais sort de savant. A la bibliothèque j'ai touché le manuscrit de Montaigne avec autant de vénération qu'une relique, car il y a aussi des reliques profanes. Les additions qui sont en marge sont nombreuses, surchargées, mais nettes et sans rature, écrites comme le reste de veine primesautière ; c'est plus souvent une extension qu'une correction de la pensée ou du mot, ce qui arrive pourtant quelquefois par scrupule d'artiste et pour rendre son idée avec toutes ses nuances.

J'ai feuilleté ce livre avec plus de» religion historique, si cela peut se dire, que je suis entré avec recueillement dans la cathédrale de Bordeaux, église qui veut faire la gothique, mais qui trahit le sol païen où elle est bâtie, alliance de deux architectures, amalgame de deux idées qui ne produit rien de beau. Le jubé est orné de sculptures mignardes et bien ouvragées qui seraient mieux à quelque rendez-vous de chasse de François Ier, à quelque boudoir de pierre au milieu des bois, pour y renfermer à l'heure de midi la maîtresse du roi ; des arceaux romans s'étendent tout le long de l'église, et les ogives supérieures forment la voûte, ogives rondes encore, quoi qu'elles fassent, qui n'ont pas eu la force de s'élever au ciel dans un élan d'amour et qui sont retombées presque en plein cintre, accablées et fatiguées. On a remplacé les anciens vitraux par des neufs, de sorte que le soleil entre malgré les rideaux qu'on a tendus, fait mille jeux de lumière riants sur les dalles, ce qui emporte l'esprit loin du lieu saint dans les champs, sous les vignes. J'ai pensé alors à nos bonnes églises du Nord où il fait toujours sombre et toujours froid, où les peintures des vitraux ne laissent pénétrer que des rayons mystiques qui se reflètent sévèrement, pleins de mélancolie, sur les dalles grises. Si vous montez aux clochers, vous voyez toute la plaine de Bordeaux, blanche et illuminée ; le ciel est bleu et les tours octogones se détachent sur ce fond limpide ; la terre et le ciel se confondent à l'horizon dans leur blancheur, et l'esprit charmé et fatigué retombe de toute la hauteur des tours sur ce sol qui attiédit les âmes.

J'ai voulu grimper aux échelles et aller jusqu'au haut, mais j'ai senti le vertige venir ; des jours partis d'en bas me montaient entre les rayons des échelles et les fentes des charpentes, je suis redescendu avec plaisir tout content d'avoir à temps fui la peur. L'orgue, qu'on raccommodait pendant que nous visitions l'église, bourdonnait comme une grosse mouche.

C'est dans la tour Saint-Michel que se trouve le fameux caveau corroyeur, qui a la propriété de tanner les hommes ; ingénieux caveau qui n'a pas été aux écoles d'arts et métiers et qui fait de peaux de chrétiens des peaux d'ânes, car j'atteste qu'elles sont toutes dures, brunes, coriaces et retentissantes. Je suis désespéré de ne pas avoir eu d'idées fantastiques au milieu de ces vénérables momies ; je ne suis pas assez sensible non plus pour que cela m'ait fait horreur ; j'avoue que je me suis assez diverti à contempler les grimaces de tous ces cadavres de diverses grandeurs, dont les uns ont l'air de pleurer, les autres de sourire, tous d'être éveillés et de vous regarder comme vous les regardez. Qui sait ? ce sont peut-être eux qui vivent et qui s'amusent à nous voir venir les voir. Ils se tenaient en rond autour d'un caveau circulaire, dont le sol est monté à moitié des arceaux, car ces morts-là sont debout sur 17 pieds d'autres morts, et ceux-ci sur d'autres sans doute, et nous, face à face avec les premiers. On vient, on les examine à la lanterne, le gardien leur fait sonner la poitrine pour faire voir qu'elle est dure ; on passe au suivant et, quand la revue est passée, on remonte l'escalier. C'est là leur métier, à ces morts ; on les a retirés de dessous terre, et on les a alignés en cercle ; l'un a 100 ans, l'autre 80, etc., un troisième 76, tous aussi âgés les uns que les autres pourtant ! Quand on vous a raconté leur genre de mort et que vous avez donné vos dix sous, tout est dit et vous faites place à d'autres. J'envie ici le sort de ces braves morts tannés qu'on va voir nus (car la mort n'a pas de pudeur) ; il y a une négresse qui a encore un air d'odalisque, un portefaix, joli garçon de plus de 6 pieds, superbe à voir, et un comte du pays tué en duel. Je ne demande pas à être plus célèbre, car il y a bien des gens vertueux,. des poètes et des membres de l'Institut qui ne sont pas aussi curieux à voir que ces cuirs racornis, et qui n'auront jamais le renom de cette poussière obscure.

Le christianisme n'est point sérieux à Bordeaux. L'église est entourée d'un ancien cimetière où entre autres dorment les Girondins (Vergniaud, et sur l'affirmation d'un ancien camarade de Julien, M. Mabitte, médecin de Bordeaux) converti maintenant en promenade. Ici c'est pire qu'à Saint-Michel, les vivants ne marchent plus seulement sur les morts, ils y font l'amour et on nomme ce lieu l'allée d'Amour, antithèse à la Shakespeare, où se trouvent opposés tout ce que la vie a de beau, tout ce que la mort a de hideux. A côté, sous ces arbres dont l'ombrage est si doux dans le Midi, l'église n'a guère de valeur ; l'amour nargue le ciel et se pose sur les tombeaux.

Sainte-Croix, vieux temple païen, église à demi romane, d'un beau roman du reste ; les phallus sont multipliés dans les murs. La petite église Saint-Pierre est badigeonnée, ouverte au soleil et rit dans ses peintures de théâtre. Non loin, dans la rue de la Bahuterie, je viens de voir une petite façade de maison qui vaut bien à elle tous les monuments de Bordeaux pour les nombreuses conjectures qu'on peut en faire sortir : le panneau principal est occupé par une figure humaine à trois faciès, quatre yeux servent aux trois figures, emblème de la Trinité ; à droite et à gauche, sont des chevaux ailés, plus bas un griffon ; dans une autre cour une tête d'homme couverte d'un turban. Un caractère asiatique persan ressort de cette énigme de pierre, attribuée par mon cicérone à l'invention d'un membre du parlement, alchimiste autrefois célèbre. Symbolisme curieux qui se rattacherait peut-être aux dogmes orientaux du moyen âge. Est-ce qu'Arriman serait venu si loin jusque dans l'anglaise Gascogne ? Un homme du peuple disait près de là que c'était l'hôpital des pauvres. Que conclure de tout ceci ? Rien que du vague.

Comme il faut essentiellement s'instruire en voyage, je me suis laissé mener à la manufacture de porcelaine de M. Johnston, dans laquelle nous avons été pilotés par un petit homme rempli de suffisance, d'ailleurs extrêmement poli pour nous. Pendant deux heures nous avons marché au milieu des cruches, tasses, pots, plats et assiettes de différentes grandeurs et je m'ennuyais si bien que je n'étais point dans la mienne. Je sens au rebours des autres, est-ce ma faute ? Mais je n'aime point à voir travailler et suer la pauvre humanité ; j'aime autant la voir dormir. Voilà un sentiment qu'un philanthrope ne comprendrait guère, j'imagine, mais ce n'est jamais sans être froissé que je vois piteusement entassés des enfants et des jeunes filles sous des vitres et dans une atmosphère lourde, tandis qu'à côté, derrière la muraille, s'étend la campagne, l'herbe verte, la forêt ombreuse, le lac si frais, le champ de vignes tout doré. On nous vante le bonheur matériel du monde moderne et la douceur de l'enchâssement social, et, reportant sur le passé un immense regard de pitié, nous faisons les capables et les forts, nous nous rengorgeons dans notre linge frais et dans nos maisons bien fermées, qui sont plus vides, hélas, que les caravansérails délabrés de l'Orient, abandonnés qu'ils sont à tous les vents qui dessèchent, où nous habitons seuls, sans dieux et sans fées, sans passé et sans avenir, sans orgueil de nos ancêtres, sans espoir religieux dans notre postérité, sans gloires ni armoiries sur nos portes, ni sans christ au chevet.

Quand nous entrions dans les ateliers, on levait la tête pour voir les étrangers, quelques-uns la détournaient avec mépris vers M. Alexandre, les autres continuaient silencieusement ; on n'entendait que le bruit de la meule qui tournait et celui de l'argile clapotée dans l'eau. Est-ce que cela n'est pas triste que de voir ce travail morne et sérieux, cette machine composée d'hommes aller sans bruit, tant d'intelligences travailler sous le même niveau ? Il y a de beaux enfants du Midi, aux jeux noirs, au sourcil arqué, au teint cuivré et qui se courbent et qui pétrissent la terre glaise. Autant valaient des coups de lance et même la famine dans les camps ; mais de l'air au moins, du soleil, de l'action et des coups d'épée en rase campagne, quelque chose qui anoblisse et qui grandisse ! Je sais bien qu'il y a quelque chose d'étroit à tout considérer ainsi sous un petit point de vue sentimental et étriqué, que c'est fausser l'histoire et nier le mouvement que de lapider le présent par le passé, les modernes par les anciens ; j'en demande pardon et je trouve cela assez bête, mais que voulez-vous ? C'est l'image d'un garçon de 14 ans environ, dont les cheveux ras, la tête osseuse et le regard singulièrement triste et élevé, mis en parallèle avec le bambin puant de vanité, faisant le maître et les tutoyant tous ; pauvre enfant qui est peut-être né de la plus pure argile, poète destiné à contenir l'ambroisie des suaves pensées, vase d'élection dont on souille la forme et qu'on fait commun, usuel, utile, propre à faire boire les pourceaux. Rien n'y manque pour l'abrutissement, pas même une école. Vous croyez que le soir, quand le bras est fatigué, l'oreille assourdie, ils peuvent s'étendre sur l'herbe, regarder la lune, courir les champs par bandes joyeuses pour manger le raisin mûr, aimer sous les arbres ? Fi donc ! et la morale ? Les mains lavées, ils montent un étage, du mortier matériel ils passent au gâchis spirituel ; on leur montre à lire, à écrire ; on leur enseigne l'histoire, la géographie, les quatre règles ; aux plus avancés on lit le Journal des Connaissances utiles ; dans les chaudes soirées d'été ils écoutent (le maître à la lueur des quinquets qui fument, ils tournent le dos au ciel bleu resplendissant d'étoiles pour regarder le tableau rayé des chiffres, pour écouter la théorie des quatre règles, au lieu de chanter les chansons que leurs pères, dans leur jeunesse, ont chantées à leurs mères, le soir, assis sur le banc devant leur maison.

J'ai hâte d'en finir avec Bordeaux et j'aime mieux le Médoc où je me suis promené dans une bonne vieille voiture à la Louis XIV, comme les présidents devaient en avoir il y a deux cents ans, conduits par le silencieux Cadiche et par deux gros chevaux bretons, au milieu du sable, entre les vignes dont chaque grappe vaut de l'or, religieux pèlerinage où nous avons fait de nombreuses stations. Hélas ! le vin alourdit dans ces chaudes contrées, il n'enivre pas, mais vous enfle et bouffit, vous fait gonfler la veine, et vous endort ; si bien qu'ayant peu bu j'étais horriblement fatigué et que je fis, dès lors, un serment d'ivrogne que je n'ai pas encore violé, car il y a de cela trois jours. J'approuve fort néanmoins la manière dont nous avons dîné à Léoville, qui a consisté à se repaître d'excellent vin, en l'absence des propriétaires ; délicieuse façon de dîner chez les gens et que tous ceux qui vous invitent chez eux devraient avoir. Je me rappellerai donc longtemps M. Bartou, que je n'ai pas vu, et ses excellents procédés.

De Bordeaux à Bayonne vous passez dans un pays qui est dit les Landes, quoiqu'il soit, sans contredit, bien supérieur au Poitou et à la Guyenne. Vous allez au milieu de pins clairsemés ; çà et là une maison, des attelages de bœufs qui traînent un petit chariot dans lequel est assise une femme couverte d'un large chapeau de paille. A Dax, le bois s'épaissit, et jusqu'à Bayonne la route est charmante. On retrouve plus de fraîcheur et d'herbe ; les petites collines boisées qui se succèdent les unes aux autres annoncent enfin qu'on va voir les montagnes et on les voit enfin se déployer dans le ciel à grandes masses blanches, qui tout à coup saillissent à l'horizon. Je ne sais quel espoir vous prend alors, l'ennui des plaines blanches du Midi vous quitte, il vous semble que le vent de la montagne va souffler jusqu'à vous, et quand vous entrez dans Bayonne, l'enchantement commence.

Le soleil se couchait quand nous entrâmes dans le quartier des Juifs, hautes maisons, rues serrées, plus d'alignements au moins ! pour être surpris et plus charmé encore quand vous passez î'Adour. Voilà des eaux azurées, et la chute du crépuscule leur donnait une teinte sombre, et néanmoins les barques, les arbres du rivage s'y miraient en tremblant. La voiture roulait au pas sur le pont de bateaux, et une jeune Espagnole, la cruche de grès passée au bras comme les statues antiques, s'avançait vers nous. C'était là un de ces tendres spectacles qui font sourire d'aise et qu'on hume par tous les pores. Jusqu'à présent j'adore Bayonne et voudrais y vivre ; à l'heure qu'il est je suis assis sur ma malle, à écrire ; la fenêtre est ouverte et j'entends chanter dans la cour de l'hôtel.

L'Adour est un beau fleuve qu'il faut voir comme je l'ai vu, quand le soleil couchant assombrit ses flots azurés, que son courant, calme le soir, glisse le long des rives couvertes d'herbes. Aux allées marines où je me promenais hier après la pluie, l'air était doux, on entendait à deux lieues de là le bruit sourd de la mer sur les roches ; à gauche il y a une prairie verte où paissaient les bœufs.

On vous parle beaucoup de Biarritz à Bayonne. Les voitures qui vous y conduisent sont remplies de gens du pays. Allègre et gaillarde population descendue de la montagne, leur patois est vif et accentué, compris d'eux seuls, et servant de langue commune aux deux frontières espagnole et française. On y va pour s'y baigner, pour y danser. Bravets est un nom qui fait sourire ici chaque habitant, on m'en avait conté mille choses charmantes que je me promettais de voir et que je n'ai pas vues.

Ce joli pays m'a été gâté, non par son aspect physique qui est des plus beaux, mais par son costume, si je puis dire, et gâté par un événement où j'ai trempé ; le mot n'est pas métaphorique.

Nous étions descendus sur la grève à peu près déserte pour lors ; l'heure des bains et des baigneuses surtout était passée, première contrariété pour moi qui comptais voir beaucoup de naïades. Une vieille petite femme, dont les cheveux blancs encadraient un visage ridé, recueilli sous une capote de toile cirée, s'avançait à la mer pour y ramollir sa vieille peau ; une vaste blouse jaune qui l'enveloppait et qui flottait sur ses membres la faisait ressembler à un caniche qui sortirait d'un bol de café au lait. C'est là la seule baigneuse que j'aie vue à Biarritz, quelle chance !

Comme je marchais le long de l'écume des flots, j'ai vu tout à coup sortir de l'eau un baigneur qui appelait du secours pour deux hommes qui se noyaient au large. Je ne sais où étaient les garde-côtes ; il y avait au loin quelques amateurs qui restaient fort impassibles, on ne se dérangeait guère. A l'instant j'entendis des cris aigus, et une grande femme vêtue de noir, qu'à sa douleur expansive je crus être la mère de ceux qui se noyaient, accourait vers moi avec de grandes lamentations. Quand elle vit que j'ôtais vivement mon habit, elle augmenta ses éclats, me déboutonna mes bottines, m'exhorta à sauver ces malheureux, me comblant de bénédictions et d'encouragements. Je me mis à l'eau assez vivement, mais avec autant de sang-froid que j'en ai quand je nage tous les jours, et si bien que, continuant à nager toujours devant moi dans la direction que l'on m'avait indiquée, j'avais fini tout à coup par oublier que je faisais un acte de dévouement ; je n'étais ennuyé seulement que de mon pantalon et de mes bas que j'avais gardés et qui m'embarrassaient dans mes mouvements. A environ cinquante brasses je rencontrai un homme évanoui que deux autres tramaient à terre avec beaucoup de peine. Je me disposais à retourner avec eux et à aider ces braves gens.

– Il en reste encore un second, me dit un d'eux.

– Allons le chercher, lui dis-je.

Et nous continuâmes à nager côte à côte assez vigoureusement, d'abord droit devant nous, puis parallèlement au rivage ; mais ne plongeant aucun des deux, que pouvions-nous faire ? Un orage s'annonçait par des éclairs, et les vagues (qu'il ne faut pas dire fortes, car je mentirais) nous empêchaient de voir tout ce qui pouvait saillir sur les flots autour de nous.

– C'est fini, me dit un compagnon, il est noyé !

Nous fîmes alors volte-face, et regagnâmes le rivage. Le trajet me parut plus long que pour aller, et les dernières vagues pleines de mousse nous poussaient vivement sur le sable. Je croyais l'autre homme sauvé, mais tous les soins furent inutiles, il mourut au bout de quelques minutes. Pendant qu'on entourait le noyé, je m'étais réfugié dans une cabane, privé de ma chemise et de mon habit, grelottant et tout trempé d'eau salée. Je finis par les retrouver au bout d'un quart d'heure, ils avaient été déposés dans une baraque où se trouvaient plusieurs pauvres femmes du pays, se lamentant et poussant des cris. Elles me croyaient un de leurs compagnons et leur douleur s'en augmentant, peut-être un peu par politesse, elles répétaient toutes : «ah mon Dieu ! mon Dieu ! la pauvre mère qui les a nourris ! » et c'étaient des exclamations et des battements de mains nouveaux. La grande dame anglaise qui m'avait pris mes hardes m'étourdissait de son caquet et voulait que je fisse une plainte contre les garde-côtes qui ne s'étaient pas trouvés à leur poste ; ce qui me dégoûta assez de sa douleur. On me prêta un pantalon de paysan que je gardai toute la journée, où je m'exerçai à aller nu-pieds. Quand je sortis de la cahute on m'entoura pendant cinq minutes ; je fus oublié au bout de dix, comme je le méritais.

Le soir, quand la pluie fut passée, nous allâmes tous au phare, que je ne pus visiter, ayant oublié mon passeport, ce qui me contraria médiocrement, car je n'avais guère envie d'y monter. Le reste de la société s'en retourna à pied directement à Bayonne et moi je revins à Biarritz pour reprendre mon pantalon qui devait être sec et que je repassai aussi mouillé que lorsque je l'avais quitté le matin. Ce fut là ce qu'il y eut pour moi de plus tragique dans l'aventure.

Du phare à Biarritz le terrain descend sensiblement, et après avoir marché sur des rochers escarpés on se trouve sur le rivage. Je marchais le long des flots comme il m'était si souvent arrivé à Trouville, à la même saison et à la même heure ; le soleil aussi se couchait sans doute là-bas sur les flots, mais ici la mer était bleue et douce, le vent était tiède et l'orage s'en allait.

Je me récitais tout haut des vers, comme cela m'arrive quand je suis tout seul dans la campagne ; la cadence me fait marcher et m'accompagne dans la route comme si je chantais. Je pensais à mille choses, à mes amis, à l'art, à moi-même, au passé et à l'avenir, à tout et à rien, regardant les flots et enfonçant dans le sable.

J'ai été hier en Espagne, j'ai vu l'Espagne, j'en suis fier et j'en suis heureux, je voudrais y vivre. J'aimerais bien à être muletier (car j'ai vu un muletier), à me coucher sur mes mules et à entendre leurs clochettes dans les gorges des montagnes ; ma chanson moresque fuirait répétée par les échos. A Behobie je voyais l'Espagne sur l'autre rive et mon cœur en battait de plaisir, c'est une bêtise. La Bidassoa nous a conduits jusqu'à Fontarabie, ayant la France à droite, l'Espagne à gauche. L'île des Faisans ne vaut pas la peine d'être nommée, placée comme une petite touffe d'herbes dans un fleuve, entre de hautes montagnes des deux côtés. Nous avons débarqué sur la terre d'Espagne et, après avoir suivi une chaussée entourée de maïs, nous nous trouvâmes devant la porte principale qui tombe dans les fossés. Il en sortait au même instant une grande fille, pieds nus, vêtue de rouge et les tresses sur les épaules ; elle ne détourna pas la tête et continua sa route. Fontarabie est une ville toute en ruines. L'on n'entend aucun bruit dans les rues, les herbes poussent sur les murs calcinés, point de fenêtres aux maisons. La principale rue est droite et raide, entourée de hautes maisons noires garnies toutes de balcons pourris où sont étendus des haillons rouges qui sèchent au soleil ; nous l'avons gravie lentement, regardant de tous côtés et regardés encore plus. C'est l'Espagne telle qu'on l'a revue souvent : à travers un pan de mur gris, derrière un tas de ruines couvert d'herbes, dans les crevasses du terrain bouleversé, un rayon de soleil sort tout à coup et vous inonde de lumière, comme vous voyez passer devant vous et marchant vivement le long des rues désertes quelque admirable jeune fille, éternelle résurrection des beautés de la nature, qui surgit, quoi que les hommes fassent, au milieu des débris et reparaît plus belle der.rière les tombeaux.

L'église de Fontarabie est sombre et haute, il n'y a plus»ce jour insultant des temples du Midi ; les dorures répandues à profusion ont néanmoins quelque chose de bronzé qui est grave. Point d'ornements à l'extérieur, des grands murs droits comme à Saint-Jean-de-Luz qui ressemble aussi à l'Espagne. Nous y étions entrés le même jour, le matin ; on y disait une messe des morts ; il y avait peu de monde, quelques femmes toutes entourées de voiles et à une grande distance les unes des autres se tenaient au milieu de l'église, agenouillées séparément sur des tapis noirs et la tête baissée.

En me promenant dans Fontarabie, je m'ouvrais tout entier aux impressions qui survenaient, je m'y excitais et je les savourais avec une sensualité gloutonne ; je me plongeais dans mon imagination de toutes mes forces, je me faisais des images et des illusions et je prenais tout mon plaisir à m'y perdre et à m'y enfoncer plus avant. J'entendis, partant d'une maison dont je rasais le mur, une chanson espagnole sur un rythme lent et triste. C'était sans doute une vieille femme, la voix chevrotait et semblait regretter quelque chose d'évanoui. Je ne voyais rien, la rue était déserte, sur nos têtes le ciel était bleu et radieux, nous nous taisions tous. Que voulait-elle dire, cette chanson espagnole chantée par la vieille voix ? Etait-ce deuil des morts, retour sur les ans de jeunesse, souvenirs du bon temps qui n'est plus, des chants de guerre sur ces ruines ou des chants d'amour que fredonnait la vieille femme inconnue ? Elle se tut, et une voix fraîche partit à côté, entonnant un boléro allègre, chaud de notes perlées, chanson de l'alouette qui secoue le matin ses ailes humides sur la haie d'épines ; mais elle ne dura guère, cette voix se tut vite, et le boléro avait été moins long que la complainte. Et nous continuâmes à marcher dans les pierres des rues. On trouve çà et là des puits comblés au milieu des rues, des créneaux dans chaque pan de mur ; on ne sait où on va ; la ville a l'air d'errer aussi et de penser des choses douloureuses.

Un pêcheur vêtu de rouge, de haute stature, le profil osseux et découpé, faisait sécher une voile rapiécée sur un tertre de gazon, entre des hardes sales et cent fois recousues. Quand il nous vit, il nous appela et nous fit descendre dans un trou creux maçonné, plein de meurtrières, et d'où les Carlistes se cachaient pour mitrailler les avantpostes christinos. Car les Carlistes ont tenu bon, ils sont tombés un à un, comme le moyen âge aussi est tombé pierre à pierre ; mais il a fallu les arracher, et bien des ongles ont sauté ; chaque maison, chaque porte, chaque poutre est criblée de balles, l'église a reçu des boulets, les obus ennemis ont été jusqu'à Behobie et y ont tué des hommes. Carlos est venu jusqu'aux bords de la Bidassoa, on montre la porte où il est entré la nuit pour visiter les siens et ranimer les courages.

A côté de la ville est un village moins misérable qu'elle, la Madalena. Il n'y a rien à y voir que des huttes de pêcheurs et sa belle plage qui descend mollement jusqu'à la mer. Devant l'église, il y a une petite fontaine dont les pierres sont disjointes, l'eau tombe goutte à goutte ; une petite fille et une vieille femme rousse attendaient, toutes deux assises sur le bord, que leur cruche fût remplie. L'église est basse, fraîche et sombre ; il y fait presque nuit, nous nous y sommes reposés sur de vieux bancs en chêne, la lampe de l'autel remuait agitée par le vent qui venait de la porte. Je n'oublierai pas le cortège d'enfants qui m'a entouré sur le rivage, alléché par l'espoir des aumônes ; les plus jeunes étaient les plus hardis, les aînés se tenaient au second rang, ordre qu'ils n'ont pas observé quand ma pluie de sous espagnols est tombée sur eux. Ils étaient tous en guenilles, tous timides et beaux, tous attendant l'argent en silence et ils se sont rués dessus quand il est venu. La marée n'était pas encore assez haute pour nous conduire facilement à Irun, ce qui fait que nous avons remonté lentement et péniblement la rivière.

J'ai quitté Fontarabie avec tout le regret d'une chose aimée ; je lui garde une reconnaissance, tout le temps que j'y ai été, il m'a semblé errer dans une ville antique.

J'aime aussi Irun, où nous avons abordé, en remontant la Bidassoa, le soir vers les 5 heures. La première personne que nous y avons vue est une jeune fille qui voulait venir avec nous en France, et la première chose, c'est l'église dont le curé nous a fait les honneurs avec une grâce toute castillane. Elle porte un caractère du xvi» siècle qui sent son Philippe II, dorures sombres à force d'être vieilles, une richesse triste ; les sculptures en bois qui ornent le maître-autel représentant la Passion sont toutes dorées avec une grande profusion, surtout dans les étoffes. Je me rappelle maintenant un morceau de sculpture en bois figurant les limbes et qui se trouve sur le côté gauche : parmi les damnés j'ai remarqué deux têtes tonsurées qui se cachent au spectateur et ne lui montrent que le signe de leur mission oubliée. Evidemment il n'y a eu ici aucune intention personnelle et la leçon est claire, sans être scandaleuse. Il m'eût fallu plus de temps pour étudier les deux églises de Fontarabie et d'Irun. Et, d'ailleurs, que résulte-t-il d'une étude si partielle sinon quelques jalons à conjectures ? Je voudrais savoir, par exemple, si Satan est souvent représenté avec des seins de femme, comme je l'ai vu à Fontarabie, ce que je n'ai point remarqué dans les églises du Nord. On fit un baptême, l'orgue joua un air fanfaron et résonnant, on eût plutôt dit une contredanse exécutée par des trompettes.

Nous avons dîné à Irun, nous avons donc fait un repas en Espagne et fy ai bu du cidre, du vrai cidre, comme en Normandie. La salle était tendue de papier frais et ornée d'une gravure de 25 sols représentant l'Europe en chapeau à plumes. La fille qui nous servait à table était maigre, fanée et vieille ; elle a du être jolie à en juger par son beau regard et par l'expression de gracieuse tristesse qui lui donne quelque chose de doux et de fier comme l'Espagne son pays. Le soir enfin nous avons quitté notre hôtesse avec des poignées de main, après lui avoir acheté des cigarettes, nous être souhaité bonne santé et lui avoir promis notre retour. Ah ! c'est un beau pays que l'Espagne ! On l'aime en mettant le pied sur son seuil et on lui tourne le dos avec tristesse, car je la regrettais comme si je l'avais connue, en m'en retournant, le soir, à Behobie, à pied, et le ciel grondait d'orage le long de la rivière ; chemin faisant nous rencontrions des paysans qui rentraient chez eux, et tous nous saluaient en nous souhaitant buonas noches. La pluie venue, nous nous sommes mis à l'abri dans une étable où s'étaient réfugiées comme nous une mère et sa fille, qui se signaient à chaque éclair ; nous avons repris notre route ; l'abbé, qui lisait son bréviaire, n'a pu continuer, l'eau mouillait son livre, et moi je pensais à Fontarabie, à son soleil et à ses ruines.

J'étais triste quand j'ai quitté Bayonne et je l'étais encore en quittant Pau ; je pensais à l'Espagne, à ce seul après-midi où j'y fus, ce qui fait que Pau m'a semblé ennuyeux. On m'a assuré le contraire et on a rejeté sa mine rechignee sur le mauvais temps qu'il faisait ; on m'a dit que les jolies femmes ne se montraient qu'au soleil, et il pleuvait fort, la journée que j'y suis resté. Le haras m'a tout autant intéressé que le château d'Henri IV, car j'ai encore mal au cœur du berceau du bon roi. Son petit-fils Louis XVIII l'a fait surmonter d'un casque doré et de drapeaux blancs, de trophées et de fleurs de lis, et tout cela pour une écaille de tortue et deux fourchettes qui dorment dedans à la place du cher monarque. Cela veut-il dire qu'Henri IV ait été un pique-assiette ? Aujourd'hui on répare le château, on recrépit les ruines, on remet du ciment dans les pierres grises, on se joue avec l'histoire. Qu'est-ce que tout cela signifie ? Par amour pour l'art on finira par s'habiller en ligueur quand on sera dans un château du xvi» siècle, et par vivre dans un bal masqué perpétuel. Bref, je suis assommé des châteaux qui rappellent des souvenirs, et des souvenirs comme ceux d'Henri IV, qui est bien l'homme le plus matériel et le plus antipoétique du monde. Si nous rebattons si bien les vieux habits pour les mettre sur nos dos, c'est faute peut-être d'en avoir de neufs.

L'homme n'est pas content d'avoir le présent et l'avenir, il veut le passé, le passé des autres, et détruit même jusqu'aux ruines. S'il pouvait il vivrait à la fois dans trois siècles et se regarderait dans douze miroirs. Laissez donc un peu couper la faux du temps, ne grattez pas la verdure des vieilles pierres, point de badigeon aux tombeaux et n'ôtez pas les vers de dessus les cadavres pour les embaumer ensuite et vivre avec eux.

Au delà de Pau, le paysage devient triste, sans être encore grandiose. Il n'y a plus rien ici de la vivacité et de l'hilarité bayonnaises ; à Lourdes, à Argeiès, à Pierrefitte, aux eaux voisines et aux eaux chaudes, les vêtements sont bruns ; comme les troupeaux, les hommes sont laids et petits, beaucoup de goîtres chez les femmes ; plus de saillies ni d'éclats, on est triste, l'hiver a été rude, il fait froid, le vent souffle de la montagne, le gave gronde et emporte à chacun un morceau de son champ ; on est éloigné des grandes villes et le transport est cher, et pourtant l'herbe est haute, la culture va jusqu'au haut des montagnes et s'attache aux pans escarpés des rochers. La nature est riche et l'homme est pauvre, d'où cela vient-il ? Si on n'avait devant soi les pics des Pyrénées, on trouverait superbes ces montagnes d'avant-poste, ces paysages si pleins de fraîcheur, ces vallées qui ont l'air d'une corbeille de marbre tapissée d'herbes. J'ai été à pied de Assat aux Eaux-Chaudes, le long du gave qui roulait au fond sous des touffes d'arbres. La route serpente le long d'un côté, suspendue aux rochers, comme un grand lézard blanc qui en suivrait tous les contours ; je marchais vite, écoutant le bruit de l'eau et regardant les sommets de la montagne.

Tous les établissements thermaux se ressemblent : une buvette, des baignoires et l'éternel salon pour les bals que l'on retrouve à toutes les eaux du monde. La fréquentation des étrangers donne un air plus éveillé aux habitants des eaux qu'à ceux des vallées inférieures, dont le caractère extérieur est plus grave.

A Saint-Savin, qui domine la vallée d'Argelès par exemple, l'église était remplie d'hommes ; les femmes vêtues complètement de noir avaient l'air de statues. L'église est haute, nue ; les fenêtres sont petites et très élevées ; sa simplicité contraste avec les églises du pays (et notamment celles de Lourdes), qui sont toutes chargées d'ornements dans le goût des églises espagnoles, comme celle de Bétarram.

Nous avons été au bout de la terrasse du prieuré pour regarder le panorama de quatre vallées qui s'embranchent. De gros nuages flottaient sur les pics de montagnes et l'air était lourd, et cependant la brise montait jusqu'à nous. Au loin on entendait vaguement le bruit du gave dans la vallée ; l'église résonnait de cantiques et des oiseaux chantaient dans les arbres. A l'entrée du prieuré, il y a des bas-reliefs romans, arrachés au cloître détruit, dont on a formé une sorte de haie ; les feuilles de vignes qui montent le long des fûts de pierre battaient sur les feuilles d'acanthe et sur les oiseaux sculptés dans les chapiteaux écornés ; l'enfant qui nous conduisait et le domestique de la maison, étonnés, nous regardaient. Je garderai bon souvenir de Cauterets et de la cordialité de M. Baron, qui nous a menés au lac de Gaube et au Pont d'Espagne. On y va à cheval, ou plutôt on y grimpe sur des rochers éboulés dans le sentier, on gravit en quelques instants à des hauteurs immenses, s'étonnant de la vigueur de son cheval, dont le pied ne glisse pas sur le granit ni sur le marbre et dont le poil, après une journée de fatigue, est aussi sec et aussi dur que les pierres auxquelles il se cramponne. Ce qu'on appelle le Pont d'Espagne est un pont jeté sur le torrent, que l'on traverse environ une heure après la cascade de Cerisey. Alors on entre dans une forêt de sapins, et bientôt vous marchez sur une grande prairie au bout de laquelle se trouve le lac. Sa teinte vert de gris le fait confondre un instant avec l'herbe que vous foulez ; il est uni et calme ; son eau est si calme qu'on dirait une grande glace verte ; au fond se dresse le Vignemale, dont les sommets sont couverts de neige, de sorte que le lac se trouve encaissé dans les montagnes, si ce n'est du côté où vous êtes. Certes, si on y allait seul et qu'on y restât la nuit pour voir la lune se mirer dans ses eaux vertes avec la silhouette des pics neigeux qui le dominent, écoutant le vent casser les troncs de sapins pourris, certes, cela serait plus beau et plus grand ; mais on y va comme on va partout, en partie de plaisir, ce qui fait qu'on n'a pas le loisir d'y rêver ni l'impudeur de se permettre des élans poétiques désordonnés. On arrive à midi, dévoré d'une faim atroce, et l'on s'y empiffre d'excellentes truites saumonées, ce qui ôte à l'imagination toute sa vaporisité et l'empêche de s'élever vers les hautes régions, sur les neiges, pour y planer avec les aigles. Si vous ouvrez l'album que vous présente le maître de la cabane où vous mangez, vous n'y verrez que deux genres d'exclamations : les unes sur la beauté du lac de Gaube, les autres sur la bonté de ses truites ; les secondes sont infiniment plus remarquables sous le rapport littéraire que les premières, ce qui veut dire qu'il n'y a que des sots ou des ventrus qui aient pris la plume pour y signer leur nom et leurs idées.

Les plus curieuses réflexions :

« Je me suis chargé d'excellentes truites au lac de Gaube. » (Dantan jeune.)

« Malgré tous mes efforts la truite n'a pu entrer. » (Villemain.) En regard, un portrait du fin critique.

« Pour entonner une truite « Ô truites du lac de Gaube, que n'êtes-vous des cerises ? » (M. de Rémusat.)

« Quelle bosse je me suis foutue. » (Cousin.)

Sur le haut d'une page, on lit :

« Mme Thiers. – N'est-ce pas, bijou chéri, qu'il serait bien doux de mourir ensemble, à côté de ces neiges éternelles, au clair de lune et dans les eaux azurées du lac ?

« M. Thiers. – Ma petite chatte, ne parlons pas politique. »

Un jour Chateaubriand se trouvait au lac de Gaube avec quelques amis, tous mangeant assis sur ce même banc où nous avons déjeuné. On s'extasiait sur la beauté du lac : « J'y vivrais bien toujours », disait Chateaubriand. – « Ah ! vous vous ennuieriez ici à mourir », reprit une dame de la société. – « Qu'est-ce que cela, répartit le poète en riant, je m'ennuie toujours ! » (Rapporté par M. Caron.)

J'ai la prétention de n'être exclusivement ni l'un ni l'autre (c'est pour cela que je n'ai rien écrit sur l'album ni pour les truites ni pour le lac, gardant mes impressions pour moi seul) et moins ridicule donc que tous les poètes qui sont venus au lac de Gaube. Je n'en dirai rien, ni du Marcado non plus, forêt couverte de sapins noirs et où les branches pourries sont tombées en travers de la route. Je fais comme nos chevaux, je saute par làdessus, ayant bien plus peur qu'eux de m'y casser le cou.

Jusqu'à présent ce que j'ai vu de plus beau, c'est Gavarnie. On part de Luz le matin et on n'y revient que le soir au jour tombant ; la course est longue et dangereuse, on marche peut-être pendant trois lieues au bord d'un précipice de 500 pieds, sans éprouver le moindre sentiment d'inquiétude, confiance qu'il est difficile d'expliquer et que tout le monde éprouve malgré soi. Quand vous avez passé l'échelle et le pic de Bergun, la montagne s'écarte du gave pour un instant, vous étale une prairie qui embaumait de foin coupé ; elle se resserre bientôt et déploie toutes ses splendeurs tragiques au Chaos. Ainsi nomme-t-on un lieu plein de rochers entassés les uns sur les autres, comme un champ de bataille d'un combat de montagnes où ces cadavres immenses seraient restés, écroulés sans doute un jour d'avalanche ; je ne me rappelle plus quand, mais tout l'effroi de leur chute reste encore dans leur nom de Chaos, dans toute la contrée ; le gave passe à travers et se cabre contre eux sans les ébranler. Tout s'oublie vite quand on arrive dans le cirque de Gavarnie. C'est une enceinte de deux lieues de diamètre, enfermée dans un cercle de montagnes dont tous les sommets sont couverts de neige et du fond de laquelle tombe une cascade. A gauche, la brèche de Roland et la carrière de marbre, et le sol sur lequel on s'avance, et qui de loin semblait uni, monte par une pente si raide qu'il faut s'aider des mains et des genoux pour arriver au pied de la cascade ; la terre glisse sous vos pas, les roches roulent et s'en vont dans le gave, la cascade mugit et vous inonde de sa poussière d'eau.

Le temps était pur, et les masses grises des montagnes du Marboré, bordées de neige, se détachaient dans le bleu du ciel et au-dessus d'elles roulaient quelques petits nuages blancs dont le soleil illuminait les contours. On reste ravi, et l'esprit flotte dans l'air, monte le long des rochers, s'en allant vers le ciel avec la vapeur des cascades.

C'est en côtoyant le pied de la montagne que l'on arrive au pont de neige. A l'entrée, nous trouvâmes enseveli un aigle que sans doute l'avalanche aura pris dans son vol et entraîné avec elle, tombeau de neige qui s'est dressé pour lui dans les hautes régions et qui l'a emporté comme un immense lacet blanc.

On s'avance sous une longue voûte qui suit le cours du gave, dont les parois de neige durcie sont en pointe de diamants. On dirait de l'albâtre oriental humide de rosée ; l'eau découle du plafond sur nos habits ; le gave roule des pierres, et au milieu des ténèbres la blancheur des murs de neige nous éclaire, et l'on marche courbé, se traînant sur les pierres de marbre dans cette demeure des fées. Quand vous revenez au jour, vous revoyez le cirque, ses roches, ses petits sapins et dans le bas son herbe roussie du soleil.

Je suis revenu à Luz au pas et en rêvant de Gavarnie ; j'avais encore le bruit de sa cascade dans l'oreille et je marchais sous le pont de neige. J'ai été accosté franchement par un homme qui m'a demandé du tabac et nous avons causé côte à côte jusqu'à Saint-Sauveur, où nous nous sommes quittés. N'était grand, veste blanche, bas bleus et espadrilles aux pieds, le chapeau noir espagnol et le foulard roulé en bandeau sur la tête ; il montait un maigre petit cheval blanc et s'appuyait sur son long bâton comme s'il s'en fût aidé pour marcher. Je l'avais d'abord tenu pour espagnol à son accent, mais il m'a dit être français et faire le commerce des mules ; il a servi dans la guerre de Belgique, il a été sergent, on lui a même proposé d'être tambour-major, mais il n'a pas voulu ; car il déteste l'habit de soldat et la discipline, il aime mieux l'Espagne que la France : « C'est là que la vie est bonne, s'écriait-il ! tout le monde y mange de la viande, le pain y coûte un sou, deux liards la livre, le vin y est meilleur, tout le monde est poli et on n'a pas besoin de crier pour se faire servir dans les auberges. – Oui, Monsieur, me disait-il en me regardant avec son œil à moitié fermé, celui qui y fait de la dépense pour un sou est regardé comme celui qui en fait pour six francs. » Comme je lui demandais si les femmes étaient jolies : « Ce n'est pas tant qu'elles sont jolies comme elles sont bonnes ; rien qu'à les entendre parler, continuait-il, il y a une grâce, une certaine chose chez elles enfin, qui vous porte à penser à des affaires de femmes quand on ne le voudrait pas. » Mais il revenait toujours sur le bon marché des vivres et ne tarissait pas sur l'éloge du pain qui est meilleur, du vin, de la viande, de tout en général et sur la magnifique beauté du cher pays qu'il habite.

BAGNÈRES-DE-LUCHON.
15 septembre, temps de pluie.

Aujourd'hui je devais aller au port de Venasque et revenir par le port de la Picade, aller en Espagne encore une fois ! Le projet est avorté et je suis à écrire assis sur un canapé d'auberge, en paletot et le chapeau sur la tête. Je ne sais ni que faire, ni que lire, ni qu'écrire. Il faut passer ainsi toute une journée, et qui promet d'être ennuyeuse. À peine s'il est 7 heures du matin, et le jour est si triste qu'on dirait du crépuscule ; il fait froid et humide. Restant confiné dans ma chambre, il ne me reste qu'un parti, c'est d'écrire. Mais quoi écrire ? il n'y a rien de si fatigant que de faire une perpétuelle description de son voyage, et d'annoter les plus minces impressions que l'on ressent ; à force de tout rendre et de tout exprimer, il ne reste plus rien en vous ; chaque sentiment qu'on traduit s'affaiblit dans notre cœur, et dédoublant ainsi chaque image, les couleurs primitives s'en altèrent sur la toile qui les a reçues.

Et puis, à quoi bon tout dire ? n'est-il pas doux au contraire de conserver dans le recoin du cœur des choses inconnues, des souvenirs que nul autre ne peut s'imaginer et que vous évoquez les jours sombres comme aujourd'hui, dont la réapparition vous illumine de joie et vous charmera comme dans un rêve ? Quand je décrirais aujourd'hui la vallée de Campan et Bagnères-de-Bigorre, quand j'aurais parlé de la culture, des exploitations, des chemins et des voitures, des grottes et des cascades, des ânes et des femmes, après ? après ?... est-ce que j'aurai satisfait un désir, exprimé une idée, écrit un mot de vrai ? je me serai ennuyé et ce sera tout. Je suis toujours sur le point de dire avec le poète :

A quoi bon toutes ces peines, Secouez le gland des chênes, Buvez l'eau des fontaines, Aimez et rendormez-vous.

Je suis avant tout homme de loisir et de caprice, il me faut mes heures, j'ai des calmes plats et des tempêtes. Je serais resté volontiers quinze jours à Fontarabie, et je n'aurais vu ni Pau, ni les eaux thermales, ni la fabrique de marbre à Bagnères-de-Bigorre, qui ne vaut pas l'ongle d'une statue cassée, ni bien d'autres belles choses qui sont dans le guide du voyageur. Est-ce ma faute si ce qu'on appelle l'intéressant m'ennuie et si le très curieux m'embête ? Hier, par exemple, en allant au lac d'Oo, quand mes compagnons maugréaient contre le mauvais temps, je me recréais de la pluie qui tombait dans les sapins et du brouillard qui faisait comme une mer de blancheur sur la cime des montagnes. Nous marchions dedans comme dans une onde vaporeuse, les pierres roulaient sous les pieds de tios chevaux, et bientôt le lac nous est apparu calme et azuré comme une portion du ciel ; la cascade s'y mirait au fond, les nuages qui s'élevaient du lac, chassés par le vent, nous laissaient voir de temps en temps les sommets d'où elle tombe.

En venant ici de Bagnères-de-Bigorre, nous avons couché à Saint-Bertrand-de-Comminges, vieille petite ville aux rues raides et pierreuses, presque déserte, silencieuse et ouverte au soleil. De la vieille ville romaine il ne reste rien, et de l'église romane peu de chose, tant l'attention se porte ailleurs tout entière. La façade est nue ; grande tour carrée avec du ciment neuf entre les vieilles pierres, couverte d'un chapeau de planches construit récemment pour couvrir les cloches qui se rouillent sans doute. Le portail est petit et de vieux goût roman, et les chapiteaux de ses colonnes supportent des grotesques : gnomes montés sur des hippogriffes, usés par le temps, uniformes d'eux-mêmes et qui semblent rire dans leur horreur du mystère qui les entoure. A l'intérieur, murs simples et nus ; point d'abside ; les fenêtres, hautes et étroites, et sur les côtés des arcades jumelles et pointant en pure ogive diminuent de hauteur à mesure qu'elles s'inclinent vers le fond, comme si l'élan diminuait. Mais ce qui est maintenant toute l'église et ce qui la constitue réellement, c'est un immense jubé en buis qui renferme à lui seul le chœur et la nef, le prêtre et les fidèles. Ses pans hauts obscurcissent le jour qui tombe des fenêtres romanes ; son maître-autel, plein de fioritures de bois peint, cache la relique du saint qui est relégué derrière, comme dans la coulisse ; sur les parois latérales, à chaque médaillon une tête de chevalier ou de matrone, souvenir antique que le libre caprice du sculpteur a jeté à profusion, plaçant l'art au milieu de la foi, le remplissant et s'en faisant un prétexte. N'est-ce pas l'antiquité dans le roman, le xvie siècle dans le xie, la Renaissance dans le moyen âge ? Partout le bois est sculpté, fouillé, tressé, tant le talent est flexible, tant l'imagination se joue et rit dans les mignardes inventions ; aux culs-de-lampe ce sont des amours suspendus et versant des corbeilles de fleurs sur des seins de femmes qui palpitent, et des ventres de tritons qui rebondissent et dont, plus bas, la queue de poisson s'enlace et se roule sur la colonne. Çà et là c'est une tête de mort, plus loin une face de cheval, de lion, n'importe quoi pourvu que ce soit quelque chose ; ici un pédagogue qui fesse un écolier pour faire rire quand on passe à côté ; la luxure en femme avec le pied fourchu, et la feuille de chou, un singe qui a mis le capuchon d'un moine, des bateleurs qui s'exercent, et mille choses encore sans gravité et sans pensée ; partout de la complaisance dans les formes, de l'esprit, de l'art et rien autre chose ; pas une tête inspirée qui prie, pas une main tendue vers le ciel, ce n'est pas une église, c'est plutôt un boudoir. Dans un temple, toutes ces miséricordes ouvragées où l'on s'asseoit comme dans un fauteuil, et où les belles dames du xvi» siècle laissaient retomber leurs doigts effilés se prélassant sur les détails païens, ces volutes, ces feuilles d'acanthe, ces têtes de mort même, qu'est-ce que tout cela veut dire ? Les prophètes, Jes docteurs et les sybilles qui se suivent méthodiquement dans chaque cadre de bois, sur les parois intérieures, où vont-ils ? et pourquoi faire ? On leur tourne le dos, et la tête levée vers le ciel rencontre involontairement les petits plafonds fleuris où l'œil caresse des formes amoureuses. La Renaissance est là entière avec son enthousiasme scientifique et sa prodigalité de formes, et sa décence exquise dans les nudités où elle s'étudie, dans la corruption. Qu'il y a loin de là au pieux cynisme du moyen âge ! C'est beau, joli, charmant ; on admire de la tête et non du cœur, enthousiasme frelaté qui s'en va vite ; c'est un musée, un beau morceau d'art qui fait penser à l'histoire, un livre en bois où l'on lit une page du xvie siècle, pas autre chose.

Si vous voulez du grand et du beau, il faut sortir de l'église et gagner la montagne, vous élever des vallées et monter vers la région des neiges. C'est une belle vie que celle de chasser l'isard ou l'ours, de vivre dans le pays des aigles, d'être haut comme eux et de leur faire la guerre.

Quand on va au port de Venasque on traverse d'abord une grande forêt de frênes et de hêtres qui couvrent deux montagnes qui se regardent face à face. Les ravins ont enlevé des arbres, et font sur le côté opposé à celui où vous marchez comme des chemins qui serpentent en tombant à travers les bois. C'était le matin, et les lueurs du soleil levant dessinaient les ombres des branches sur la mousse et sur les feuilles jonchées par terre ; il avait plu, le chemin était boueux ; la lune blanche remontait dans le ciel. Avant de gravir Je plus rude, on s'arrête à l'hospice, grande maison nue au dehors comme au dedans, où nous n'avons vu que les enfants du gardien qui se taisaient en nous regardant. La cuisine est haute et voûtée pour soutenir le poids des avalanches ; des meurtrières dans les murs remplacent les fenêtres, et quand on ferme lès auvents il fait nuit. La fumée sortait en nuages du foyer, et le vent qui venait du dehors passait sur les murs noirs et l'agitait autour de nous sans l'entraîner en se retirant. Des chênes dégrossis, placés devant le feu, servent de bancs, et bien des belles voyageuses qui venaient là s'y asseoir au mois d'août, en compagnie, gantées, heureuses d'être dans les montagnes et de pouvoir le dire, ne pensent guère que quelques mois plus tard, sur ces mêmes bancs, dans les nuits d'hiver, viennent s'asseoir aussi, armés et sombres, les contrebandiers et les chasseurs d'ours. On ferme les ouvertures avec du foin et de la paille, la résine éclaire la voûte, et l'arbre brûle dans cet âtre sombre autour duquel sont réunis quelquefois jusqu'à cinquante hommes, montagnards égarés, chasseurs, contrebandiers, proscrits. Tous se rangent en cercle pour se chauffer ; les uns guettent les bruits de pas sur la neige, les autres laissent venir le jour et fument sous le manteau de la cheminée. Je crois qu'on y cause peu, et que le vent qui rugit dans la montagne et qui siffle dans les jointures de la porte y fait taire les hommes ; on écoute, on se regarde, et quoique les murs soient solides on a je ne sais quel respect qui vous rend silencieux.

A partir de l'hospice la route monte en zigzag et devient de plus en plus scabreuse, ardue et aride. On tourne à chaque instant pour faciliter la montée, et si on regarde derrière soi on s'étonne de la hauteur où l'on est parvenu. L'air est pur, le vent souffle et le vent vous étourdit ; fes chevaux montent vite, donnant de furieux coups d'épaule, baissant la tête comme pour mordre la route et s'y hissent.

A votre gauche vous apercevez successivement quatre lacs enchâssés dans des rochers, calmes comme s'ils étaient gelés ; point de plantes, pas de mousse, rien ; les teintes sont plus vertes et plus livides sur les bords et toute la surface est plutôt noire que bleue. Rien n'est triste comme la couleur de ces eaux qui ont l'air cadavéreuses et violacées et qui sont plus immobiles et plus nues que les rochers qui les entourent. De temps en temps on croit être arrivé au haut de la montagne, mais tout à coup elle fait un détour, semble s'allonger, comme courir devant vous à mesure que vous montez sur elle ; vous vous arrêtez pourtant, croyant que la montagne vous barre le passage et vous empêche d'aller plus avant, que tout est fini, et qu'il n'y a plus qu'à se retourner pour voir la France, mais voilà que subitement, et comme si la montagne se déchirait, la Maladetta surgit devant vous. A gauche toutes les montagnes de l'Auvergne, à droite la Catalogne, l'Espagne là devant vous, et l'esprit peut courir jusqu'à Séville, jusqu'à Tolède, dans l'Alhambra, jusqu'à Cordoue, jusqu'à Cadix, escaladant les montagnes et volant avec les aigles qui planent sur nos têtes, ainsi que d'une plage de l'Océan l'œil plonge dans l'horizon, suit le sillage des navires et voit de là, dans la lointaine Amérique, les bananiers en fleurs, et les hamacs suspendus aux platanes des forêts vierges.

A voir tous les pics hérissés qui s'abaissent et montent inégalement, les uns apparaissant derrière les autres, tous se pressant, serrés et portés au ciel dans des efforts immenses, on dirait les vagues colossales d'un océan de neige qui se serait immobilisé tout à coup.

En longeant la montagne le sentier se rétrécit, et les schistes calcaires sur lesquels on marche ressemblent à des lames de couteaux qui vous offriraient leur tranchant.

Quand on est arrivé à la hauteur de la Pigue, on est retourné vers la France que l'on aperçoit dans les nuages, et dont les plaines se dressent au loin comme des immenses tableaux suspendus, vous offrant des massifs d'arbres, des vallées qui ondulent, des plaines qui s'étendent à l'infini, spectacle d'aigles que vous contemplez du haut d'un amphithéâtre de 1,500 toises.

Dans les gorges des montagnes placées sous nous, des nuages blancs se formaient et montaient dans le ciel ; le vent de la terre les faisait monter vers nous, et quand ils nous ont entourés, le soleil qui les traversait comme à travers un tamis blanc fit à chacun de nous une auréole qui couronnait notre ombre et marchait à nos côtés.

TOULOUSE.

Il est commode de n'avoir qu'une demi-science, tout est clair et s'explique ; une érudition plus avancée me gênerait et j'en sais juste assez pour pouvoir dire des sottises de la meilleure foi du monde. Je vois clair comme le jour dans les recoins les plus obscurs, tout s'explique et s'encadre dans mon système ; j'assigne les dates et les caractères avec sang-froid et une assurance miraculeuse. Je retrouve complaisamment ce que j'ai flairé et je fais de la philosophie de l'art, sans en savoir l'alphabet. Ce que je pourrais dire ici de Saint-Sernin serait le pendant de Saint-Bertrand de Comminges, ratatouille de styles qui figurerait bien en face de l'autre, flanqué de cornichons et de réflexions esthétiques. Je vais donc, comme un vrai savant, indiquer ici un aperçu ingénieux qui va se trouver là à propos de rien, comme il m'est pointé hier soir dans l'esprit en me couchant.

Écrit sur le canal du Midi pour passer le temps :

Il ne s'agirait rien moins que de savoir pourquoi, en avançant dans le xvie siècle et dans le xviie, on trouve en architecture précisément l'inverse de ce qui arrive dans l'histoire de la poésie et de la prose ; pourquoi la pierre se dégrade tandis que la parole devient au contraire éminemment plus nette et plus accentuée. À mesure, par exemple, que Rabelais se filtre et se clarifie dans Montaigne, que Régnier succède à Ronsard et qu'il n'est pas jusqu'à Scarron qui ne se souvienne de Francion, le style de Louis XIII succède hélas à celui d'Henri II, les fenêtres des maisons se rétrécissent et le mur blanc gagne sur les sculptures qu'on y avait dessinées. Non pas que je veuille dire que bien des figures et des niches curieusement taillées n'aient sauté aussi dans le style, abattues à grands coups de marteau, cassées en bloc pour faire de la prose, mais ici il y a renaissance, là il y a mort.

Quand on lit Rabelais et qu'on s'y aventure, on finit par perdre le fil et par avancer dans un dédale dont vous ne savez bientôt ni les issues ni les entrées ; ce sont des arabesques à n'en plus finir, des poussées de rire qui étourdissent, des fusées de folle gaieté qui retombent en gerbes, illuminant et obscurcissant à la fois à la manière des grands feux ; rien de général ne se saisit, on pressent et on prévoit bien quelque chose, mais quant à un sens clair, à une idée nette, c'est ce qu'il n'y faut point chercher. Dans Montaigne tout est libre, facile ; on y nage en pleine intelligence humaine, chaque flot de pensée emplit et colore la longue phrase causeuse qui finit tantôt par un saut tantôt par un arrêt. La pensée de la Renaissance, d'abord vague et confuse, pleine de rire et de joie géante dans Rabelais, est devenue plus humaine, dégagée d'idéal et de fantastique ; elle a quitté le roman et est devenue philosophie. Ce que je voudrais nettement exprimer, c'est la marche ascendante du style, le muscle dans la phrase qui devient chaque jour plus dessiné et plus raide. Ainsi passez de Retz à Pascal, de Corneille à Molière, l'idée se précise et la phrase se resserre, s'éclaire ; elle laisse rayonner en elle l'idée qu'elle contient comme une lampe dans un globe de cristal, mais la lumière est si pure et si éclatante qu'on ne voit pas ce qui la couvre. C'est là, si je ne me trompe, l'essence de la prose française du xviie siècle : le dégagement de la forme pour rendre la pensée, la métaphysique dans l'art, et, pour employer un mot qui sent trop l'école, la substance en tant qu'être. Je doute que l'architecture ait fait quelque chose de semblable. Elle se dépouille bien, en effet, comme le style, de tous les contours qui entravaient sa marche, et comme dans le style aussi elle a passé un rabot qui fait sauter mille choses gracieuses de la Renaissance ou du moyen âge qui disparaissent pour toujours avec les derniers vestiges de grâce naïve ; la bonne pensée gauloise, échauffée au souvenir latin, ne s'en ira pas moins ; l'arabesque meurt avec Rabelais, la Renaissance, quelque belle qu'elle ait été, n'a vécu qu'un jour. Ce qui a été pour la pierre tout un jour de vie est une aurore, une ère nouvelle pour les lettres. C'est que la pierre n'exprime ni la philosophie ni la critique ; elle ne fait ni le roman, ni le conte, ni le drame ; elle est l'hymne. Il ne lui est plus resté après Luther, après la satire Ménippée, qu'à s'aligner dans les quais, à paver les routes, à bâtir des palais, et Louis XIV qui voulait s'en faire des temples pour y vivre n'a pu lui donner la vie ; le sang en était parti avec la foi, c'était chose usée, outil cassé dont l'ouvrier était mort. Tout ce que la pierre n'avait pas dit, la prose se chargea de le dire et elle le dit bien. Maintenant que nous croyons tout expirant, que trois siècles de littérature ont raffiné sur chaque nuance du cœur de l'homme, usant toutes les formes, parlant tous les mots, faisant vingt langues dans un siècle et renfermant dans une immense synthèse Pascal contre Montaigne, Voltaire contre Bossuet, Lafontaine et Marot, Chateaubriand et Rousseau, le doute et la foi, l'art et la poésie, la monarchie et la démocratie, tous les cris les plus doux et les plus forts, à cette heure, dis-je, où les poètes se rencontrent inquiets et où chacun demande à l'autre s'il a retrouvé la Muse envolée, quelle sera la lyre sur laquelle les hommes chanteront ? reprendront-ils le ciseau pour bâtir la Babel de leurs idées ? dans quelle eau de Jouvence se retrempera leur plume ? C'est ce que je me disais dans Saint-Sernin à Toulouse, me promenant sous sa belle nef romane ; catacombe de pierre où sont ensevelies de vieilles idées, nous n'avons pour elle qu'une vénération de curiosité et nous faisons craquer nos bottes vernies sur les dalles où dorment les saints. Eh ! pourquoi pas ? Que nous font les saints, à nous autres ? Nous étudions l'histoire du christianisme comme celle de l'islamisme et nous nous ennuyons de l'un et de l'autre. Nous sentons bien qu'il nous faut quelque chose que nous ne savons pas, mais ce n'est rien de ce qu'on nous offre. J'étais fatigué de l'église, quelque beau que soit son roman, j'étais assommé d'église et je le suis encore ; le curé nous dit qu'il y avait des reliques, je l'ai cru en homme bien élevé, et un mouvement de joie inconcevable m'a fait bondir le cœur quand il m'a dit que le vélin des missels avait fait des cartouches. Je rencontrais là au moins quelque chose de notre vie, de ma vie, de la colère brutale ; une passion au moins que nous comprenons, qu'un rien peut rallumer, tandis que pour la foi la niche même en est cassée en pièces dans notre cœur.

Qu'avais-je besoin d'aller à Saint-Sernin pour voir des arceaux romans dans le goût moresque, un vieux christ en bois doré qui m'a fait penser à

Don Quichotte et qu'un autre jour j'aurais trouvé superbe ? Mais j'avais mal dormi et j'avais froid, et puis il y a des choses qu'on ne sent bien qu'en certains jours ; il faut être en humeur et en veine de manger. C'est comme le canal du Midi sur lequel j'écris maintenant : traîné par des chevaux, notre bateau glisse entre des rangées d'arbres qui mirent leurs têtes rondes dans l'eau, l'eau fait semblant de murmurer à la proue, nous nous arrêtons de temps en temps à des écluses, la manivelle crie et la corde se tend. Il y a des gens qui trouvent cela superbe et qui se pâment en sensation pittoresque, cela m'ennuie comme la poésie descriptive. Quand on a dépassé certaines classes d'idées et d'émotions, on ne regarde guère ce qui est au-dessous de vous ; il en est de même pour tout, pour les croyances, pour les amours ; nous ne nous reverrons jamais qu'en imagination dans notre temps passé, et nous ne l'aurons que par souvenir. Quelquefois, il est vrai, on détourne la tête pour voir en arrière, mais les jambes vous portent toujours en avant, le cœur humain pas plus que l'histoire ne recule jamais, et comme sous les pieds du cheval d'Attila l'herbe ne repousse pas où il a marché et brouté.

D'ailleurs c'est toujours la même chose, une église du Midi ! Le dehors est roman, le plus souvent le portail est de la Renaissance ; à l'intérieur, du rechampissage et du badigeon.

Ainsi qu'à Saint-Bertrand de Comminges, le chœur de Saint-Sernin à Toulouse est de bois sculpté, bien inférieur à celui-ci tant par l'exécution que par le dessin ; les culs-de-lampe du dais continu qui couronne les miséricordes tombent moins bas, sont plus raides et plus carrés ; les miséricordes elles-mêmes ne signifient rien, elles sont sculptées plus lourdement et leur rangée est terminée aux quatre coins par de gros Amours qui ont le ventre tendu comme des hydropiques. Au fond, en face de la chaire de l'évêque et collée au mur, se dresse une grande Naïade les cheveux en arrière et présentant l'abdomen dans un mouvement de croupe à la Bacchante, incartade drolatique mise en face de Monseigneur pour le délecter un peu pendant l'office. Car j'imagine que l'homme qui s'asseyait dans cette chaire-là, au milieu de ces femmes nues, de ces Amours bouffis et de ces guirlandes sur lesquelles ils dansent, devait lire Marot plus que saint Augustin et faire ses petites heures d'Horace, à la mode des prélats du xvie siècle qui avaient peur de gâter leur latinité en lisant l'évangile. Entre chaque miséricorde il y a alternativement, sur la partie la plus saillante, une jeune femme et une vieille : les premières sont belles, de face pure, et vous regardent avec une sécurité impudente ; les secondes sont maigres et furieuses et tiennent le milieu entre la sorcière et la harpie.

L'église Saint-Etienne se compose de deux parties, deux nefs ajustées ensemble, avec un angle à gauche comme deux bâtons l'un au bout de l'autre et mal attachés ; la première est romane, la seconde est gothique. Le chœur est de la Restauration, de même qu'à Castelnaudary. L'église Saint-Michel a un portail gothique, masqué par une porte moderne, et son autre façade a été bouchée avec du plâtre. Saint-Jean vous offre une enveloppe carlovingienne et un intérieur plein de mauvaises peintures d'auberge. On entre là pensant y rencontrer le moyen âge et on trouve la Restauration.

Ce matin, quand nous sommes allés à Saint-Ferréol, j'ai regardé du haut du parapet le grand bassin ; l'eau était basse et le vent tiraillait sur les cailloux çà et là, comme une loque, une méchante vague. Vous auriez fermé les jeux et vous auriez reconnu que ce n'était pas le bruit d'un lac, mais une vague artificielle tant sa voix était phtisique et grêle. À cette minute je suis encaissé entre deux écluses ; quand le trop-plein arrive, l'eau coule bêtement et fait le long des pierres comme le bruit d'un homme qui pisse dans un pot de chambre. Voilà le soleil qui se couche, et les joncs du bord se mirent dans l'eau et dessinent en avant et en arrière une longue bande d'ombre. Les joncs ici sont taillés au cordeau et égalisés, on les y plante (planter des joncs !) et on en fait une sorte de palissade d'herbe droite pour empêcher d'endommager les propriétés. Comme je ne suis pas propriétaire, j'aimerais autant voir sous l'eau un champ d'herbes inclinées irrégulièrement, en petits clochers verts qu'agiterait maintenant le vent et qui se ploieraient sous le poids des sauterelles qui s'y mirent avec elles.

MARSEILLE.

C'est à Toulouse qu'on s'aperçoit vraiment que l'on a quitté la montagne et qu'on entre en plein Midi. On se gorge de fruits rouges, de figues à la chair grasse. Le Languedoc est un pays de soulas, de vie douce et facile ; à Carcassonne, à Narbonne, sur toute la ligne de Toulouse à Marseille, ce sont de grandes prairies couvertes de raisins qui jonchent la terre. Çà et là des masses grises d'oliviers, comme des pompons de soie ; au fond, les montagnes de l'Hérault. L'air est chaud, et le vent du Sud fait sourire de bien-être. Les gens sont doux et polis. Pays ouvert et qui reçoit grassement l'étranger, le Languedoc n'offre point de saillies bien tranchées ni dans les types, ni dans le costume, ni dans l'idiome. Tout le Midi en effet y a passé et y a laissé quelque chose : Romains, Goths, Francs du Nord aussi, dans la guerre des Albigeois, Espagnols à leur tour, tous y sont venus et y ont chassé sans doute tout élément national et primitif ; la nationalité s'est retirée plus haute et plus sombre dans les montagnes, ou plus acariâtre et violente dans la Provence. Quoique je n'aie rien retrouvé du Midi du moyen âge (à l'exception peut-être de quelques sculptures albigeoises à en juger par leur ressemblance avec les monuments persans à cause de la reproduction du cheval ailé et d'autres symboles ultracaucasiques que n'a point employés le Nord), la différence n'en reste pas moins sensible entre les deux provinces. En arrivante Nîmes, par exemple, qui est pourtant encore du Languedoc, tout est changé, et la population y est criarde et avide ; elle ressemble un peu, je crois, à ce que devait être le bas peuple à Rome, les affranchis, les barbiers, les souteneurs, tous les valets de Plaute. Cela tient sans doute à ce que je les ai vus à l'ombre des arènes et dans un pays tout romain.

Le lendemain matin de mon arrivée à Carcassonne, j'ai été sur la grande place. C'est là une vraie place du Midi, où il fait bon dormir à l'ombre pour faire la sieste. Elle est plantée de platanes qui y jettent de l'ombre, et la grande fontaine au milieu, ornée de Naïades tenant entre leurs cuisses des dauphins, répand tout alentour cette suave fraîcheur des eaux que les pores hument si bien. On y tenait le marché : dans des corbeilles de jonc étaient dressées des pyramides de fruits, raisins, figues, poires ; le ciel était bleu, tout souriait, je sortais de table, j'étais heureux.

En face de la ville moderne il y a la vieille, dont les pans de murs s'étendent en grandes lignes grises de l'autre côté du fleuve, comme une rue romaine. On y monte par une rampe qui suit la colline ; on passe les tours d'entrée et l'on se trouve dans les rues. Elles sont droites et petites, pleines de tas de fumier, resserrées entre de vieilles maisons la plupart abandonnées ; de temps en temps un petit jardin avec une vigne et un s olivier s'élève entre des toits plats. Sur une place il y a un grand puits roman dont le dedans est tout tapissé d'herbes ; personne n'y puise plus de l'eau, les plantes poussent au fond dans la source à moitié comblée. La ville est entourée d'un réseau de murs, romains par la base, gothiques par la tête ; on les répare, on les soutient du moins. Les portes aux mâchicoulis sont encore debout, mais je n'y ai trouvé ni soldat romain, ni archer latin, disparus également sous l'herbe des fossés. Si on regarde du côté de la campagne, tout est radieux et illuminé de soleil et flambe de vie. La vieille ville est ïà, assise sur la colline, et regarde les champs étendus à ses pieds depuis longtemps, comme un vieux terme dans un jardin.

L'église est gothique d'extérieur, romane à l'intérieur. Quand nous y sommes entrés, on moulait une vieille sculpture illisible où l'on ne voyait que confusément des cavaliers, une tour, un assaut. Qu'est maintenant devenu le déblaiement de la chapelle latérale ?

Dans la cathédrale de la ville neuve, chapelle très remarquable par deux statues, l'une de saint Benoist et l'autre de saint Jean.

C'était vendanges tout le long de la route jusqu'à Nîmes, aussi avons-nous vu des charrettes couvertes de baquets rougis ; partout on cueillait la vigne dans les champs.

Il était environ midi quand nous entrâmes à Narbonne. Le soleil dorait toute la campagne et la cathédrale se détachait sur l'azur du ciel, je n'avais pas l'idée de ce que c'était qu'un horizon.

Pendant deux jours, c'est bien mieux, j'ai vécu en pleine antiquité, à Nîmes et à Arles.

Rien ne se rattache au Pont du Gard que le vague souvenir qu'évoquent ces grands débris de grandeur romaine ; il ne coule plus rien dans l'aqueduc comblé en partie dans son long tuyau de pierre par les stalactites que les cours des eaux ont formées et qui font comme une double enceinte intérieure. Trois rangs d'arcades superposés les uns sur les autres supportent la rivière aérienne dans le lit de laquelle on se promène maintenant à pied sec. En bas et tout petit, coule le Gard qui ne passait alors que sous deux arches, tant le pont est grand et s'étend sur la campagne ; une partie s'est cachée et enfouie, des deux côtés du fleuve, dans les deux coteaux où l'édifice est appuyé, de sorte que ça fait comme un grand corps de pierre dont la tête et les pieds sont enfoncés dans le sable. En regardant d'en bas la hauteur du jet de ces voûtes, si fortes et si élégantes à la fois, il m'est venu à l'idée qu'on n'avait pas élevé de monument à l'ingénieur qui les avait élevées comme on l'a fait à M. Lebas pour le Luxor, et que les hommes qui ont fait tout cela ne sortaient pas de l'École polytechnique !

Le soleil était presque couché quand nous fûmes de retour à Nîmes ; la grande ombre des arènes se projetait tout alentour ; le vent de la nuit s'élevant faisait battre au haut des arcades les figuiers sauvages poussés sous les assises des mâts du vélarium. C'était à cette heure-là que souvent le spectacle devait finir, quand il s'était bien prolongé et que lions et gladiateurs s'étaient longuement tués. Le gardien vint nous ouvrir la grille de fer et nous entrâmes seuls sous les galeries abandonnées où se. croisèrent et allèrent tant de pas dont les pieds sont ailleurs.

L'arène était vide et on eût dit qu'on venait de la quitter, car les gradins sont là tout autour et dressés en amphithéâtre pour que tout le monde puisse voir. Voici la loge de l'Empereur, voici celle des chevaliers un peu plus bas, les vestales étaient en face ; voici les trois portes par où s'élançaient à la fois les gladiateurs et les bêtes fauves, si bien que si les morts revenaient, ils retrouveraient intactes leurs places laissées vides depuis deux mille ans, et pourraient s'y rasseoir encore, car personne ne la leur a prise, et le cirque a l'air d'attendre les vieux hôtes évanouis. Qui dira tout ce que savent ces pierres nues, tout ce qu'elles ont entendu, les jours qu'elles étaient neuves et quand la terre ne leur était pas montée jusqu'au cou ? cris féroces, trépignements d'impatience, tout ce qui s'est dit, sur ce seul coin de pierre, de triste, de gai, d'atroce et de folâtre, tous ceux qui ont ri, tous ceux qui sont venus, qui s'y sont assis et qui se sont levés ; il fut un temps où tout cela était retentissant de voix sonores, du bas jusqu'en haut, ce n'étaient que laticlaves bordés de rouge, manteaux de pourpre, sur l'épaule des sénateurs ; le vélarium flottait et le safran mouillait le sable, avant que la rosée de -sang n'en ait fait une boue. Que disait-on en attendant la venue de César ou du préteur, quand sous ses pieds dans les caveaux qui sont là rugissaient les panthères et que tout le monde se penchait en avant pour voir de quel air elles allaient sortir ? Qu'y disait Dave à Formion, Libertinus à Posthumus ? Quelle histoire racontait Hippia au consul ? de quel air riaient les sénateurs quand la place des chevaliers se trouvait prise ? Et là-haut, suspendus au plus haut, pourquoi les affranchis crient-ils si fort que tout le monde se tourne vers eux ? Et à cette heure-là, au crépuscule, quand tout était fini, que l'empereur se levait de sa loge, quand la vapeur grasse du théâtre montait au ciel toute chaude de sang et d'haleines, le soleil se couchait comme aujourd'hui dans son ciel bleu, le bruit s'écoulait peu à peu ; on venait enlever les morts, la courtisane remontait dans sa litière pour aller aux thermes avant souper, et Gito courait bien vite chez le barbier se faire nettoyer les ongles et épiler les joues, car la nuit va venir et on l'aime tant !

Ce qu'on appelle la Fontaine à Nîmes est un grand jardin plein d'ombrage et de murmures. Il n'y avait pas tant d'eau du temps qu'on se baignait sous les colonnes de marbre qui se trouvent suspendre une grande allée de jardin dans laquelle vous marchez. Au milieu il y a une île avec des Amours et des Naïades du temps de Louis XIV qui a fait, construire le canal qui conduit l'eau jusqu'à la ville. Au fond du jardin et à côté de la fontaine, à gauche, est le temple de Diane dont la voûte est écroulée ; on marche sur les frises et les corniches, les acanthes de marbre sont couvertes de mousse, les statues sont brisées et on n'en voit que des tronçons, morceaux de draperies qui semblent déchirés et qui se tiennent debout seuls comme des loques de marbre ; on se demande où est le reste.

Du haut de la tour Magne on voit toute la plaine de Nîmes, ses maisonnettes éparses dans la campagne, à mi-côte, toutes entourées de jardins d'oliviers et de vignes, et chacune assise à son aise dans la verdure grise de ses touffes d'oliviers. De longues rues qui descendent vers la ville, encaissées dans deux couloirs de murs faits avec de la poussière et des cailloux, ressemblent à des lignes de craie serpentant sur un tapis vert.

Je n'ai pas eu le temps de voir complètement la Maison Carrée.

A Arles également j'aurais voulu rester plus longtemps et y savourer longuement toutes les délicatesses sans nombre du cloître Saint-Trophime, qu'il faut avoir vu pour aimer et pour désirer encore Arles. Souvenir romain, un souvenir triste et grave, surtout sur le soir. Son amphithéâtre n'est pas, comme celui de Nîmes, presque intact et retrouvé tout entier comme une statue déterrée, il est enfoui jusqu'au milieu dans la terre et les loges supérieures sont démantelées ; on dirait que les gradins qui s'écroulent veulent descendre dans l'arène. Malgré les tours de Charles Martel on ne pense guère aux Francs, et malgré la chaumière laissée comme spécimen de toutes celles qui emplissaient naguère le cirque, on ne pense guère non plus au moyen âge.

Ces monuments romains sont comme un squelette dont les os çà et là passent à travers la terre ; aux ondulations du gazon on devine la forme du mort. Le théâtre est encore enfoui sous les maisons voisines et il n'y a qu'un coin qui se montre ; sur une plate-forme qui faisait face aux bancs de pierre et que j'ai jugée la scène, deux colonnes de marbre blanc sont encore debout, hautes toutes deux, décorées d'une collerette de feuilles d'acanthe, tandis que toutes les autres sont étendues, mutilées, à leurs pieds. C'est par là qu'on a joué Plaute et Térence et que les Mascarilles du monde latin ont fait rire le peuple ; l'ombre de la comédie latine palpite encore là. Au coin de la rue une fille sur sa porte attendait l'aventure (carnem bomini tenentem), mais les bougies du lupanar qui devaient brûler jour et nuit étaient éteintes, tant toute splendeur se perd ; pauvre ruine d'amour, à côté de la ruine de l'art et qui vivait dans son ombre. Les Arlésiennes sont jolies. On en voit peu, on m'a dit qu'on n'en voyait plus. On ne voit donc plus rien maintenant ! C'est là ce qu'on appelle le type gréco-romain ; leur taille est forte et svelte à la fois comme un fût de marbre, leur profil exquis est entouré d'une large bande de velours rouge qui leur passe sur le haut de la tête, se rattache sous leur cou et rehausse ainsi la couleur noire de leurs cheveux et fait nuance avec l'éclat de leur peau, toute chauffée de reflets de soleil.

C'est le lendemain, en me réveillant, que j'ai aperçu la Méditerranée, toute couverte encore des vapeurs du matin qui montaient pompées par le soleil ; ses eaux azurées étaient étendues entre les parois grises des rochers de la baie avec un calme et une solennité antique. Toute la côte qui descend jusqu'au rivage est couverte de bastides éparses dans la campagne, leurs volets étaient fermés et le jour les surprenait tout endormies entre les oliviers et les figuiers qui les entourent.

J'aime bien la Méditerranée, elle a quelque chose de grave et de tendre qui fait penser à la Grèce, quelque chose d'immense et de voluptueux qui fait penser à l'Orient. A la baie aux Oursins, où j'ai été pour voir pêcher le thon, je me serais cru volontiers sur un rivage d'Asie Mineure. Il faisait si beau soleil, toute la nature en fête vous entrait si bien dans la peau et dans le cœur ! C'est la fille du patron Scard qui nous a reçus ; elle nous a fait monter dans sa maison, des filets étaient étendus par terre, et le jour qui entrait par la fenêtre faisait éclater de blancheur la peinture à la colle qui décorait la muraille. Mlle Scard n'est pas jolie, mais elle avait des mouvements de tête et de taille les plus gracieux du monde ; tout en causant, elle se tenait sur sa chaise d'une façon mignarde et naïve. J'ai pensé aux belles demoiselles de ville qui se lissent, qui se sanglent, qui jeûnent et qui, après tout, ne valent pas en esprit et en beauté le sans-façon cordial de la fille du bord de la mer. Elle est venue avec nous dans la barque et elle a causé tout le temps avec nous comme une bonne créature. Ses jeux sont du même azur que la mer. Pas un souffle d'air ne ridait les flots, et nous avancions à la rame doucement et tout en suivant la direction du filet ; l'eau est si transparente que je m'amusais à regarder la madrague qui filait sous notre barque et les petits poissons se jouer dans les mailles avec toutes les couleurs chatoyantes que leur donnait le soleil qui, passant à travers les flots, les colorait de mille nuances d'azur, d'or et d'émeraude ; ils frétillaient, passaient et revenaient avec mille petits mouvements les plus gentils du monde. A mesure qu'on s'avance, le filet se resserre et s'étrangle de plus en plus vers les trois barques placées au large, qui forment comme un cul-de-sac où doit se rendre tout le poisson pris dans le filet antérieur. Les nattes de jonc accrochées aux barques, plongées dans l'eau et sur les bords se relevant en coquille, avaient l'air du berceau d'une Naïade. Un dimanche soir j'ai vu le peuple se réjouir. Ce qui chagrine le plus les gens vertueux c'est de voir le peuple s'amuser. Il y a de quoi les chagriner fort à Marseille, car il s'y amuse tout à son aise, et boit le plaisir par tous les pores, sous toutes les formes, tant qu'il peut. J'en suis rentré le soir tout édifié et plein d'estime pour ces bonnes gens qui dînent sans causer politique et qui s'enivrent sans philosophie. La rue de la Darse était pleine de marins de toutes les nations, juifs, arméniens, grecs, tous en costume national, encombrant les cabarets, riant avec des filles, renversant des pots de vin, chantant, dansant, faisant l'amour à leur aise. Aux portes des guinguettes, c'était une foule mouvante, chaude et gaie, qui se dressait sur la pointe des pieds pour voir ceux qui étaient attablés, qui jouaient et qui fumaient. Nous nous y sommes mêlés et à travers les vitres obscurcies nous avons vu, tout au fond d'une grande pièce, la représentation d'un mystère provençal. Sur une estrade au fond se tenaient quatre à cinq personnages richement vêtus ; il y avait le roi avec sa couronne, la reine, le paysan à qui on avait enlevé sa fille et qui se disputait avec le ravisseur pendant que la mère désolée et s'arrachant les cheveux chantait une espèce de complainte avec des exclamations nombreuses, comme dans les tragédies d'Eschyle. Le dialogue était vif et animé, improvisé sans doute, plein de saillies à coup sûr à en juger par les éclats de rire et les applaudissements qui survenaient de temps à autre dans l'auditoire. Tous ces braves gens écoutaient et goûtaient l'air avec respect et recueillement d'une manière à réjouir un poète s'il fût passé là. J'ai remarqué que les tables étaient presque toutes vides ou à peu près, on se pressait pour entrer, et la foule s'introduisait flot à flot comme elle pouvait, mais sans troubler le spectacle. Des joueurs de mandoline ou des chanteurs étaient aussi dans la rue, il y avait des cercles autour d'eux. On n'entendait aucun chant d'ivrogne ; les tavernes du rez-de-chaussée, toutes ouvertes, fermaient la vue de ce qui se passait au dedans par un grand rideau blanc qui tombait depuis le haut jusqu'en bas ; lorsque quelqu'un allait ou venait, on l'entr'ouvrait, on voyait assis, sur des tabourets séparés, trois ou quatre hommes du peuple, les bras nus, tenant des femmes sur leurs genoux.

A Toulon, j'ai revu, au coin d'une rue, encore un de ces drames, mais cette fois en français ; la scène était plus simple : un nain fort laid causait avec une grande fille assez jolie et exerçait sa verve sur les riches et les gens d'esprit, ce qui faisait rire les pauvres et les sots. Pour un homme intelligent qui saurait le provençal ou qui voudrait l'apprendre, ce serait une chose à étudier que ces derniers restes du théâtre roman, où l'on retrouverait peut-être tout à la fois des romanceros espagnols, des canzone des troubadours, des atellanes latines et de la farce italienne du temps de Scaramouche, quand Molière y prit son Médecin barbouillé.

Marseille est une jolie ville, bâtie de grandes maisons qui ont l'air de palais. Le soleil, le grand air du Midi entrent librement dans ses longues rues ; on y sent je ne sais quoi d'oriental, on y marche à l'aise, on respire content, la peau se dilate et hume le soleil comme un grand bain de lumière. Marseille est maintenant ce que devait être la Perse dans l'antiquité, Alexandrie au moyen âge : un capharnaüm, une babel de toutes les nations, où l'on voit des cheveux blonds, ras, de grandes barbes noires, la peau blanche rayée de veines bleues, le teint olivâtre de l'Asie, des yeux bleus, des regards noirs, tous les costumes, la veste, le manteau, le drap, la toile, la collerette rabattue des Anglais, le turban et les larges pantalons des Turcs. Vous entendez parler cent langues inconnues, le slave, le sanscrit, le persan, le scythe, l'égyptien, tous les idiomes, ceux qu'on parle au pays des neiges, ceux qu'on soupire dans les terres du Sud. Combien sont venus là sur ce quai où il fait maintenant si beau, et qui sont retournés auprès de leur cheminée de charbon de terre, ou dans leurs huttes au bord des grands fleuves, sous les palmiers de cent coudées, ou dans leur maison de jonc au bord du Gange ? Nous avons pris une de ces petites barques couvertes de tentes carrées, avec des franges blanches et rouges, et nous nous sommes fait descendre de l'autre côté du port où il y a des marchands, des voiliers, des vendeurs de toute espèce. Nous sommes entrés dans une de ces boutiques pour y acheter des pipes turques, des sandales, des cannes d'agave, toutes ces babioles étalées sous des vitres, venues de Smyrne, d'Alexandrie, de Constantinople, qui exhalent pour l'homme à l'imagination complaisante tous les parfums d'Orient, les images de la vie du sérail, les caravanes cheminant au désert, les grandes cités ensevelies dans le sable, les clairs de lune sur le Bosphore. J'y suis resté longtemps ; il y avait toutes sortes d'oiseaux venus de pays divers, enfermés dans des cages devant la boutique, qui battaient leurs ailes au soleil. Pauvres bêtes, qui regrettaient leur pays, leur nid resté vide à 2,000 lieues d'ici dans de grands arbres, bien hauts. Si j'ai maudit les bains de Bordeaux, je bénis ceux de Marseille. Quand j'y fus, c'était le soir, au soleil couchant ; il y avait peu de monde, j'avais toute la mer pour moi. Le grand calme qu'il faisait est des plus agréables pour nager, et le flot vous berce tout doucement avec un grand charme. Quelquefois j'écartais les quatre membres et je restais suspendu sur l'eau sans rien faire, regardant le fond de la mer tout tapissé de varechs, d'herbes vertes qui se remuent lentement, suivant le roulis qui les agite lentement comme une brise. Le soleil n'avait plus de rayons, et son grand disque rouge s'enfonçait sous l'horizon des flots, leur donnant des teintes roses et rouge pourpre ; quand il s'est couché, tout est devenu noir, et le vent du soir a fait faire du bruit aux flots en les poussant un peu sur les rochers qui se trouvaient sur le rivage.

J'ai eu le même spectacle le lendemain en allant dîner au Prado. Nous nous sommes promenés en barque dans une petite rivière qui se jette là ; des touffes d'arbres retombent au milieu, mes rames s'engageaient dans les feuilles restées sur le courant… qui ne coule pas, exercice qui m'a préparé à recevoir l'excellent dîner que nous avons fait chez Courty, grâce aux ordres et à la bourse de M. Cauvierre.

A Toulon, il va sans dire que j'ai visité un vaisseau de ligne. C'est certainement beau, grand, inspirant. J'ai vu des marins qui mangeaient dans de la porcelaine, j'ai assisté au salut du pavillon, etc., j'ai pu, comme tous les badauds, être étonné de voir des tapis et des fauteuils élastiques dans la chambre du capitaine ; mais en vue de marine j'aime mieux celle d'un petit port de mer comme Lansac, comme Trouville, où toutes les barques sont noires, usées, retapées, où tout sent le goudron, où la poulie rouillée crie au haut du mât, où les marteaux résonnent sur les vieilles carcasses qu'on calfeutre. De même, les fortifications de Toulon peuvent être une belle chose pour les troupiers, mais je n'aime point l'art militaire dans ce qu'il a de boutonné, de propre ; les remparts ne me plaisent qu'à moitié détruits. Il y a plus de poésie dans la casaque trouée d'un vieux troupier que sur l'uniforme le plus doré d'un général ; les drapeaux ne sont beaux que lorsqu'ils sont à moitié déchirés et noirs de poudre. Les canons du Marengo étaient tous en bon état et cirés comme des bottes ; est-ce qu'un canon n'est pas plus beau à voir avec quelques longues taches de sang qui coule et la gueule encore fumante ? A bord, au contraire, tout était propre, ciré, frotté, fait pour plaire aux dames quand elles viennent. Ces messieurs sont d'une politesse exquise et ont fait exécuter je ne sais quelle manœuvre pour nous faire honneur quand nous avions remis le pied sur notre embarcation. Nous revenions de Saint-Mandrier, que nous avons visité, guidés par un de ses médecins, M. Raynaud fils ; on m'y a fait admirer une église toute neuve bâtie par les forçats, j'ai admiré le coup de génie qui a fait construire un temple à Dieu par la main des assassins et des voleurs. Il est vrai que ça n'a rien coûté, mais il est vrai aussi qu'il est impossible, sinon absurde, d'y dire la messe : la forme ronde de cette bâtisse a contraint à placer l'autel sur un des points de la circonférence, de sorte qu'il est impossible que les fidèles puissent voir le prêtre. Je crois, au reste, que les fidèles qui viennent là y sont peu sensibles ; s'ils trempent les mains dans le bénitier placé à l'entrée, ce n'est uniquement que pour se les laver. Il faut voir la citerne de l'hôpital dont l'écho répète tous les sons avec un vacarme épouvantable ; on y tire des coups de fusil, on y joue du cornet à piston, on crie, on chante, on miaule, on fait toutes sortes de bruits absurdes pour avoir le plaisir de se les entendre répéter plus nombreux et plus forts.

La rade de Toulon est belle à voir, surtout quand, sorti des gorges d'OHiouIes, on la voit qui s'étend tout au loin dans son rayon de trois lieues de circuit, avec les mâts de tous ses vaisseaux, ses bricks, ses frégates, toutes ces voiles blanches qu'on hisse et qu'on abaisse. A droite, on a le fort Napoléon, au fond le fort Pharon. C'est par ce dernier que les républicains ont d'abord tenté le siège de la ville, qu'ils n'auraient jamais pu prendre sans le conseil de Bonaparte, qui affirma que tant que l'on ne serait pas maître de la rade, tous les efforts seraient inutiles, et qu'une fois la rade prige Toulon n'offrirait plus aucune défense. L'attaque commença donc sur le point appelé le petit Gibraltar, qui domine toute la mer et la ville elle-même qu'elle protège de ce côté. Tous les détails du siège sont d'ailleurs curieusement relatés dans l'Histoire de la Révolution française dans le département du Var, par M. Lauvergne, un de mes amis, que j'ai fait en voyage, un homme à moitié poète et à moitié médecin, offrant un bon mélange de sentiments et d'idées ; il m'a dit de ses vers, un soir que nous sommes revenus au bord de la rade jusqu'à Toulon ; nous avons déjeuné à une bastide voisine, dans un grand jardin plein d'ombre, où il y avait de hautes cannes de Provence, des avenues fraîches ; on a joué à la balançoire, on a fumé des cigarettes de Havane. Passé une journée à ne rien faire ; c'est toujours une de bonne, une journée tranquille, douce, où l'on a vécu avec des amis, sous un beau ciel, l'estomac plein, le cœur heureux ; elle s'est terminée par un beau crépuscule sur les flots, par une promenade pleine de causerie divaguante, de ces causeries où l'on mêle de tout, et qui tiennent à la fois de la rêverie solitaire au fond des bois et de l'intimité babillarde du coin du feu.

Le lendemain matin nous nous sommes embarqués pour la Corse.